Aquí no se mata a nadie

Aquí no se mata a nadie

Santiago Achón

Aquí no se mata a nadie

Primera edición: 2024

ISBN: 9788410266353
ISBN eBook: 9788410266834

Impreso en España – Printed in Spain

A esa mujer que le acompañó: su esposa Carmen.
A sus hijas, Antonia y Agustina.
Y a sus nietas, Maricarmen, Antonia, Agustina.

Introducción

Alguien dijo:

Un pueblo que olvida su historia está condenado a repetirla.

Una sociedad ignorante de su historia es una sociedad enferma.

Cuando una parte de una sociedad niega la historia de su pueblo y esconde la verdad, pone en peligro la esencia de la democracia.

Prólogo

El tiempo pasa inevitablemente y a medida que los años van pasando un pueblo no deja de ser un sinfín de vivencias y recuerdos vividos en común. Para unos, recuerdos que, a lo largo de los años, poco a poco, han vuelto a aflorar y para otros, olvidar. Los que nacimos en la posguerra, el silencio y las conversaciones en tertulias de los mayores, y dentro del entorno familiar, siempre o casi siempre eran en voz baja y en conversaciones entrecortadas.

Cuando empecé a tomar conciencia de que la historia no había hecho justicia con mi padre, decidí poner voz al silencio y no parar hasta conseguir que el Ayuntamiento de Cartagena tomara cartas en el asunto y cumpliera con la ley de Memoria Histórica, reconociendo y finalmente homenajeando a uno de sus ciudadanos.

Mientras tanto, me atreví a escribir la vida de mi padre con el libro que se titula *Víctor Paredes Saura, presidente de la Casa del Pueblo de Pozo Estrecho 1936-1939.*

Conseguido mi propósito. El 13 de junio de 2022 la alcaldesa de Cartagena, Noelia Arroyo, junto a la vicealcaldesa Ana Belén Castejón (hija del pueblo) y resto de concejales, inaugura una plaza en mi pueblo dedicada a mi padre honrando así su nombre.

Debo agradecer a todos aquellos que han hecho posible este reconocimiento, así como a los testimonios que aportaron sus vivencias y recuerdos.

Durante la guerra civil española no se ha encontrado ninguna referencia escrita por algún familiar. Los únicos documentos donde más se menciona a mi padre son en su juicio sumarísimo y condena.

Finalmente, agradecer al autor de este libro, Santi Achón Masana, con el título *Aquí no se mata a nadie*, con el cual pretende aportar más información y completar ese vacío, recopilando más datos «hurgando» en todos los archivos de la guerra civil española disponibles para su consulta y situando el contexto de aquella época, y para que hechos similares como los que sucedieron en esos años nunca más se vuelvan a repetir en el futuro.

Antonio Paredes Giménez

Reflexión

La rotunda reflexión de una presentadora de televisión afgana: «No tengo miedo a la muerte, sino a ser asesinada por un ignorante retrógrado».

En la guerra civil española: el fanatismo...

... de las milicias confederadas no era una organización homogénea y no compartían necesariamente las mismas creencias o ideas.

Eran más de cien mil milicianos repartidos por todo el país.

CNT: 50 000
UGT: 300 000
COMUNISTAS: 10 000
POUM: 5000, la mayoría en Catalunya

Los asesinos eran personajes la mayoría, ignorantes y retrógrados con sed de sangre, que nada tenían que ver con la república, aunque más tarde lucharon en sus filas.

Victor Paredes Saura

Fue elegido presidente de la Casa del Pueblo en los años 1936-1939 del pueblo de Pozo Estrecho, una población del Campo de Cartagena, Murcia.

Fue un hombre como muchos que hubo en la guerra civil española, que no dudaron en arriesgar su vida por los demás, aunque no pensaran como él.

Un hombre valiente y leal a sus convicciones e ideales políticos que no dudó ni un momento en enfrentarse a los grupos de milicianos más violentos y radicales del Frente Popular y otros grupos que «defendían las mismas ideas, pero con métodos muy diferentes».

Defender las vidas humanas sin importarle su militancia o convicción ideológica estuvo por encima de todo, aunque eso le costara la vida, como en diferentes ocasiones estuvo a punto de sucederle.

Esta es su historia...

Situación geográfica

El pueblo de Pozo Estrecho

Forma parte del campo de Cartagena, una llanura que se extiende desde la sierra de Carrascoy hasta el mar Mediterráneo y el mar Menor en el sureste de la península ibérica. En el año 1900 la región de Murcia estaba en pleno proceso de modernización y crecimiento económico. La ciudad de Cartagena era un importante puerto comercial y militar y su economía estaba basada en la minería y la agricultura. En ese año, se inauguró el ferrocarril que conectaba Cartagena con Madrid y el resto de España, lo que impulsó aún más el crecimiento económico de la región.

En el año 1900 (siglo XIX) reinaba en España Alfonso XIII; la vida en aquella época difiere poco de lo que podía ser seiscientos o setecientos años atrás. Tasas tremendas, de analfabetismo, una sanidad pésima donde la tuberculosis, el cólera y otras enfermedades junto con malas cosechas en algunas regiones, la hambruna, hacían estragos. La esperanza de vida era de unos treinta años. La mayoría de la población del campo era analfabeta y trabajaba en la agricultura y la minería. No había carreteras y el único medio de transporte era el carro tirado por recuas de animales. Las jornadas laborables eran largas, diez y trece horas diarias, y no había edad mínima para trabajar, por lo que la explotación infantil era habitual.

Nacimiento y adolescencia

Víctor Paredes Saura nace en Torre Pacheco, Murcia, el 15 de junio de 1900. Hijo legítimo de Nicasio Paredes Meroño y de Antonia Saura Paredes, siendo los abuelos paternos Antonio Paredes Meroño y María Meroño Agüera y los abuelos maternos Agustín Saura Peñalver y María Paredes Sánchez.

Siguiendo con la tradición familiar cristiana, es bautizado inmediatamente el día 16 de junio de 1900.

La familia vive en el Jimenado, pequeño pueblo de secano diseminado, como otras diez poblaciones más cerca de la población de Torre Pacheco, Murcia. El pueblo del Jimenado seguía siendo un pueblo con grandes propietarios, que se dedicaban a los cultivos de secano, almendros olivos; los restos de algunos molinos de harina adornaban el maltrecho campo. Años más tarde las malas cosechas y la hambruna y alguna epidemia hicieron que a comienzos del siglo XX una parte de la población se buscara la vida emigrando hacia otros pueblos. Años más tarde Víctor hará lo mismo.

Los coches empiezan a formar parte de la sociedad española, en el año 1902 se matricula el primer coche en Madrid.

Su niñez es como la de cualquier zagal (chaval) de su época, el juego con los amigos en las calles de tierra polvorientas junto a los bancales, ayudar a sus padres en los menesteres del campo, nada diferente que no hicieran el resto de los vecinos. De ir a la escuela, nada. Solo los privilegiados se lo podían permitir. La enseñanza era religiosa y para los hijos de las familias ricas. No existía la educación pública.

Año 1909: Comienza la guerra España-Marruecos.

Hay grandes descubrimientos y avances tecnológicos y medicinales.

Albert Einstein formula la teoría de la relatividad.

Primera guerra mundial

Comienza la gran guerra

La vida en el pueblo del Jimenado es tranquila, con una población que no supera los mil habitantes, Víctor es uno más del pueblo. Pronto La niñez deja paso a la adolescencia, eso quiere decir que hay que arrimar más el hombro en la economía de la casa. El único trabajo que hay en la zona es de bracero del campo.

Año 1914: La Primera Guerra Mundial ha comenzado en Europa, nadie sabe qué pasará y qué consecuencias traerá, aunque España sea «neutral».

Víctor tiene catorce años, el único trabajo que conoce es el campo. La vida en el campo es dura y mal pagada, pero eso siempre ha sido así, y así lo ha visto y vivido desde que empezó a tener uso de razón. Junto a su padre trabajan en las fincas de los señoritos, los grandes propietarios de la zona.

Su futuro es fácil de adivinar: bracero del campo, analfabeto. Sin embargo, eso no es lo que él soñaba para cuando fuera mayor.

Año 1918: La gripe española; la pandemia se expande por todo el mundo y mata a cien millones de personas en todo el planeta.

Las inquietudes del joven Víctor no se hacen esperar, cree que hay más trabajos y mejores que el que realizan sus padres y él.

Abandona el campo y quiere probar en algo diferente. Las minas de plomo que se explotan en el pueblo de La Unión no están lejos de su pueblo, a veintidós kilómetros por caminos.

La mina le ofrece la oportunidad de probar otro tipo de trabajo, sabe de sobra que se gana más que en el campo, pero también que es un trabajo peligroso, y mucho más, los que trabajan en las entrañas..., en las profundidades.

Pero eso no lo acobarda y empieza su día a día, se desplaza a pie, o en una bicicleta, otras veces se queda a dormir en los barracones.

La ilusión del cambio de trabajo y conocer otra gente lo tiene ilusionado, y más que sabe que el jornal va a ser muy superior al del campo. Pero sabe que es un trabajo peligroso y con la posibilidad de enfermar de silicosis.

El trabajo duro de la mina forja a los hombres, y con ello el compañerismo, conoce a más gente con los que traba amistad.

La mina es muy dura y allí empieza a descubrir que más allá de España hay más trabajo y mejor renumerado que las minas, sobre todo las condiciones laborales y humanas.

El mozo Víctor tiene diecinueve años y sabe que tarde o temprano lo llamarán para el servicio militar, esa losa está encima de todos los jóvenes en edad cercana a prestar el servicio militar, pero no importa, sus planes son mejorar su situación económica. La desigualdad social es brutal y mucho más en el campo.

Primera emigración

Alguien le da una dirección, porque ha estado por esa zona trabajando. No se lo piensa dos veces, es joven y con ganas de descubrir mundo y, cómo no, quiere mejorar en todo lo posible su situación económica.

Les dice a sus padres que se va a trabajar a un pueblo de Francia que se llama SaintPrivatdesVieux, población ubicada en el departamento de Gard, en la región de Occitania, donde hace falta mucha mano de obra, tal vez sabe el motivo, tal vez no. El campo de batalla estaba muy lejos de su tierra y ya hacía dos años que la Gran Guerra.

La Primera Guerra Mundial había terminado con consecuencias terribles para todos los bandos. Solo Francia pierde un millón cuatrocientos mil soldados, que mueren en la guerra, más los cuatro millones de heridos. Se calcula que veinte millones de personas, incluidos soldados, mueren en la contienda europea.

La Primera Guerra Mundial que empezó el 28 de julio y terminó el 11 de noviembre de 1918 causó una terrible crisis económica en Francia y en el resto de Europa.

Víctor tiene veinte años y la decisión está tomada.

Carmen, su madre, le prepara la maleta, una maleta robusta y austera, mete todo lo que puede, pero más ropa de abrigo, por si acaso; no es lo mismo pasar calor, como hace en estas tierras, que del frío que desconoce su intensidad en otras lejanas tierras. La comida va aparte en la capaza para la comida, salazones enlatadas, seguro que una tortilla de patatas y pan.

Su madre no quiere que se vaya, con mucha resignación no le queda más remedio que aceptarlo, pero le consuela que es para su bien y también quiere lo mejor para su hijo.

El viaje es largo y muy lejos, cerca de mil doscientos kilómetros, serán casi dos días de viaje, eso sí, si no hay contratiempos, y más siendo la primera vez que viaja tan lejos de su casa y encima a otro país con un idioma diferente.

Llegó el momento, se despide de sus padres y hermanos, un amigo lo lleva a la estación de tren de Cartagena, una vez en el andén los amigos se despiden, más tarde el tren arranca hacia su destino, primera parada en Murcia, y de Murcia su trayecto y destino es Barcelona, donde debe hacer cambio de tren, el que va a la frontera Port Bou-Cervera.

Llega a Cervera y otro cambio de tren, allí hay un sinfín de vías, le llama la atención, es el fin de unas vías y el comienzo de otras. Todavía le quedan más de trescientos kilómetros para llegar a su destino.

A partir de ahora está en otro país y debe poner especial atención en todo, en especial a los letreros. Se sube en el tren en Cervera con destino a Montpellier.

El viaje es muy ameno, no se pierde detalle, todo es diferente, el tren pasa por Perpiñán, Narbona, Bézier, Montpellier, Nimes. En Nimes debe volver a apearse para coger el tren que va a la comuna de Alès.

Una vez en Alès, como población principal, seguramente va a pie para dirigirse a su destino: SaintPrivatdesDieux, una pequeña población que dista a cinco kilómetros.

Víctor se sorprende al ver tanto bosque, montañas, agua, verde por todos lados; las casas diferentes, la gente viste de otra forma, nada que ver con su tierra natal, casi desértica, seca, donde casi nunca llueve.

Se instala en una pensión y un par de días más tarde ya encuentra trabajo de peón caminero construyendo carreteras; es su ocupación durante meses. Escribe a sus padres dándoles todo tipo de detalles. Los meses van pasando, se adapta con facilidad al trabajo y sobre todo a la lengua, que pone mucho interés en aprenderla. No todo es fácil, ya que no sabe leer ni escribir francés.

Francia está mucho más avanzada que España, esta oportunidad de relacionarse con otra gente mejorará como persona y sobre todo abrirá su mente.

Llamamiento a filas

El día 31 de diciembre de 1920 firma el alcalde el edicto del próximo reemplazo de mozos que deben hacer el servicio militar.

El día 27 de febrero de 1921 se publicita por todo el vecindario que se cumpla con la ley de alistamiento de mozos.

Sorteo, incomparecencia

Llegó el día del sorteo..., día que seguro que muchos no querían que llegara, pero irremediablemente llegó.

Ciento treinta y cinco mozos fueron sorteados, a cada uno le correspondió un número por sorteo. A Víctor, el número 63.

A medida que eran llamados los mozos a medirse y pasar la revisión médica, hacían sus alegaciones, el que pretendía librarse del servicio militar se las ingeniaba con la excusa más ingeniosa para ver si colaba.

Los dos mozos anteriores a Víctor, el número 61 no se presentó y fue declarado prófugo, mientras que el siguiente, el 62, alega que está quebrado y junto con otras pruebas es declarado inútil total.

Cuando le tocó a Víctor, su tío le representó y se comprometió a hacerle llegar estas noticias:

> Víctor Paredes Saura, de Nicasio y Antonia: natural y vecino de esta villa con domicilio en el Jimenado de veintiún años, soltero, jornalero, no sabe leer ni escribir. Se presentó un tío suyo manifestando que estaba trabajando en Francia, que se presentaría ante el cónsul español: en su vista se acuerda dejarlo pendiente hasta recibir las certificaciones que determina el artículo 108 de la ley.

Víctor Paredes recibe carta de sus padres en la que se le notifica que ha sido llamado a filas y que ha sido sorteado sin estar el presente, que debe presentarse ante el cónsul español en Francia.

El consulado español está en Marsella, a unos ciento ochenta kilómetros de su domicilio (trescientos sesenta kilómetros de ida y vuelta).

En mayo de 1920 se presenta en el consulado español para ser medido y hacer las alegaciones que tuviera a bien.

Las certificaciones del consulado son remitidas al Ayuntamiento de Torre Pacheco. En donde es declarado apto para el servicio militar:

> Víctor Paredes Saura: que quedó pendiente en la sesión anterior, vistas las certificaciones remitidas por el consulado de España Marbella resulta que tiene la talla de un metro setecientos veinte milímetros y un perímetro torácico ochenta y cuatro centímetros siendo apto para el servicio militar: y... [Ilegible] conforme con el... [ilegible] lo declaro soldado. El mozo es de complexión fuerte, bien parecido y apuesto. Los mozos que componen las nuevas levas muchos tienen miedo de que los destinen a las zonas de guerra Melilla, Alhucema o Ceuta.

Retorno a España y servicio militar

Los Gobiernos españoles que van siendo elegidos duran poco y hay mucha confusión en el país.

Regresa para incorporase a filas. Todo parece ser que lo destinan al norte de África en la

región de Alhucemas entre 1921-1922, como cabo gastador (no hay datos).

Dicen que sufrió heridas de guerra, posiblemente estuvo destinado en el regimiento de Infantería Sevilla 33 con plaza en Cartagena. Víctor es analfabeto, aprovechará ese tiempo del servicio militar para aprender a leer y a escribir, la mayoría de la gente en el campo es analfabeta.

El servicio militar duraba tres años, quien disponía de dinero podía reducir su tiempo de mili, este no fue el caso de Víctor.

El desastre militar de Annual en Marruecos fue una derrota militar del Ejército español inasumible en bajas entre el 22 de julio y el 9 de agosto de 1921.

Esta derrota desencadenó un descontento general en la población y el preludio del primer golpe de Estado.

La guerra del Rif se inició en el año 1920 por la sublevación de las tribus del Rif ubicadas en la zona montañosa del norte de Marruecos. El 27 de mayo del año 1927 finaliza la guerra. El coste en bajas es muy alto, diez mil muertos y veinte mil heridos.

Noviazgo y boda

Termina el servicio militar y regresa a su casa de Jimenado donde al poco tiempo conoce a una chica que se llama Carmen que vive en lo Chacón a cuatro km de su pueblo. Carmen también aprende a leer y a escribir ya de pequeña. Después de un corto noviazgo se casaron.

Víctor Paredes Saura con veinticuatro años y María del Carmen Jiménez García de dieciocho años se casan en la iglesia del pueblo del Jimenado pedanía de Torre Pacheco el día 23 de agosto de 1924.

El regalo de bodas del padre de Víctor fue una azada.

Se ganaba la vida en el campo, trabajando de sol a sol 4 pesetas la jornada.

Más tarde, se mudaron a vivir a Pozo Estrecho, pueblo cercano al suyo.

La casa de Pozo Estrecho, era más bien un almacén, con dos edificaciones separadas por un pequeño patio central. Una de estas edificaciones servía como entrada y cocina, que Víctor más separo con una pared de cañizo enlucido de yeso.

Mientras que, en el otro lugar, estaba destinada las habitaciones. Sin embargo, poco más se puede añadir, ya que el lugar era bastante frio en invierno, y cuando llovía te mojabas si tenías que pasar de un lado al otro del patio.

Siguió trabajando en el campo, durante unos años, las penurias estaban presentes, se carecía de todo, se ganaba poco en el campo, no daba para tener extras solo lo necesario para sobrevivir la familia. Hambre no se pasaba, pero no se podían permitir el mínimo capricho como la ropa, el campo tiene esa gran ventaja, que te da como mínimo para alimentarte.

La plantación de tabaco era una de las labores que, más tarde, proporcionaba sustento a la población mediante su recolección y el secado de las hojas, que se colgaban en los techos.

La Guardia Civil controlaba la producción del tabaco, el que podía mercadeaba con él, o con aceite el mercado negro era una forma de ingresos extras. Pero si te pillaban te pasabas una temporada en las cárceles. Se carecía de todo en esa época.

21 de enero de 1926: Nace su primera hija, a la que ponen el nombre de Antonia.

Intentando mejorar económicamente encuentra trabajo de guarda jurado en un coto, cerca del Barrio de Santa Lucia al coto lo llaman «el Barranco del Feo» al este de Lo Campano, el coto dispone de vivienda a la que se desplazan de Pozo Estrecho junto a su esposa Carmen y su primera hija Antonia.

6 de diciembre de 1927: Nace su segunda hija, Agustina.

El trabajo de vigilante jurado le permite llevar una escopeta con cartuchos de sal. Este trabajo lo compagina con el de aguador, repartir agua en venta ambulante pasando por las calles del barrio de Sta. Lucia. Dedica a este trabajo unos tres años. No pierde el contacto con Pozo Estrecho. El coto era propiedad de D. Ponciano Maestre.

Sentada a mano izquierda, Carmen; en medio, la pequeña Antonia; a mano derecha, Alejandra. Detrás de Carmen, su esposo Víctor y junto a él su hermano Inocencio.

24 de diciembre de 1927: Bautiza a su hija Agustina en la Parroquia de Santiago Apóstol del Barrio de Sta. Lucía.

28 de diciembre de 1927: Nace su primer hijo varón, al que le ponen el nombre del abuelo Nicasio.

6 de enero de 1928: Siguiendo la tradición de la familia (no la suya) lo bautizan en Pozo Estrecho.

El 5 de marzo de 1929: La desgracia se cierne sobre la familia y su pequeño Nicasio fallece víctima de una enfermedad tan arraigada en esa época. Las fiebres tifoideas, paludismo, tifus, gripe, sarampión (las fiebres tifoideas fueron el azote en la población de La Unión).

7 de marzo de 1929: Lo entierran en el cementerio de Sta. Lucía.

Segunda emigración

La muerte de su hijo varón les llena de pena a él y a su esposa. Se da cuenta y ve que de guardia jurado tiene poco futuro, quiere algo mejor para su familia, de bracero en el campo tampoco ve futuro, por lo que decide volver a Francia, pero esta vez lo hará con su mujer y sus dos hijas, Antonia con cuatro años y Agustina con casi tres.

El segundo viaje fue más fácil, porque ya conocía el camino, pero esta vez llevaba una gran carga de responsabilidad, a su mujer e hijas, esta vez van a vivir en una casa de alquiler en SaintPrivatdeVieux en el Quartier de Mazac (distrito) con mil y pocos habitantes. Esta vez no iba a trabajar de peón caminero, sino en una fábrica, una fundición-forja, allí volvió a coincidir con el Ballesta, el Trovero, ya se conocían de antes.

30 de enero de 1930: Hitler consigue llegar al poder en Alemania, es el comienzo del dominio nazi.

Las cosas iban bien, el trabajo en la fundición era duro, pero no pagaban mal y las condiciones laborales nada tenían que ver con las de España y sobre todo con las del campo.

El dictador Primo de Rivera dimite en 1930, tras las elecciones, el rey Alfonso XIII abandona el país.

Se proclama la Segunda República el 14 de abril de 1931 en sustitución de la monarquía de Alfonso XIII, que tiene que exiliarse fuera de España.

Año 1931: Una crisis económica mundial sacude a toda Europa y en España la desigualdad social entre clases sociales es abismal, lo que desencadenara un conflicto social de proporciones abismales. La Iglesia controla prácticamente toda la enseñanza. El Ejército, la Guardia Civil y los terratenientes son los que han controlado el poder hasta la llegada de la república.

Victoria Kent, una mujer, interviene por primera en la historia como defensora de los acusados en el consejo de guerra contra los dirigentes de la revuelta de Jaca.

Empieza el régimen democrático el 14 de abril de 1931 hasta al 1 de abril de 1939, en el que dio paso a la dictadura de Franco.

14 de mayo de 1931: Nace su segundo hijo varón, al que le ponen el nombre de José (Pepe).

Los meses pasaban y las cosas empezaron a complicarse, su esposa Carmen no conseguía adaptarse a las costumbres francesas y la lengua era su principal problema, ello empezó a crear malestar, incomodidad, así aguantó hasta que la situación se hizo insostenible para Carmen.

No conseguía aprender la lengua, cuando iba de compras a la tienda se le hacía muy duro, una anécdota define su situación: un día necesita comprar cerillas y no consigue entenderse con la dependienta, así que pasa detrás del mostrador y coge las cerillas (*allumettes*).

Finalmente, Víctor tomó la decisión de regresar a España, a sabiendas que atrás dejaba un mundo mejor que el suyo, por lo menos en lo referente a las condiciones laborales, y ocho meses más tarde de haber nacido Pepe regresan a su pueblo Pozo Estrecho.

Segundo retorno: la reforma agraria

Año 1931: Se aprueba la esperada reforma agraria. Los periódicos *La Verdad de Murcia y Cartagena Nueva* estallan en cólera contra la reforma agrícola de una forma belicosa.

Mientras en Cataluña se proclama la república catalana (solo duró tres días).

Nuevos partidos políticos entran a formar parte de la lucha por el poder.

Nacimiento del partido Acción Nacional, que más tarde se llamaría Acción Popular.

Años 1931-1932: De vuelta a casa, a su tierra, a su país, choca con la cruda realidad, se van cuatro y regresan cinco, una boca más que alimentar.

Regresa a las labores del campo, no encuentra otro trabajo, pero está acostumbrado a jornadas de ocho horas, ha tenido la suerte de conocer otro mundo y otras condiciones laborales con otros sueldos y luchará para que la vida del obrero del campo mejore.

El cuarenta por ciento de la población es analfabeta.

Los patronos del campo cartagenero exigen trabajar de sol a sol, esto le crea un enfrentamiento con ellos y le crea serios problemas a la hora de encontrar trabajo.

El conflicto en el campo entre jornaleros y señoritos está latente en el campo de Cartagena.

A pesar de ello, se mantiene firme en sus convicciones y en la defensa de una jornada de ocho horas.

Es pionero en introducir en esta zona un nuevo horario para las gentes del campo.

La defensa de las libertades y justicia social.

Los años fueron pasando y la familia poco apoco va aumentando.

El día 14 de abril de 1933: Nace su tercer hijo varón, al que le ponen el nombre de Domingo. Es bautizado en la iglesia de Pozo Estrecho.

Finales del año 1933: La democracia española empieza a verse amenazada, nacen otros partidos, la CEDA, un partido católico y de derechas.

La vinculación con el Partido Socialista Obrero Español es cada vez es más cercano, sus ideales son claros para él y su entorno.

El clima político está que arde.

Año 1934: La proclamación del Estado catalán por Lluís Companys trae consigo graves enfrentamientos en Catalunya.

Durante el año 1935: La gran intoxicación que sucede en Cartagena pone en vilo a las autoridades cartageneras y murcianas. Cinco mil familias son víctimas de un envenenamiento masivo como consecuencia del consumo de pan con harina adulterada. La mezcla se realizaba en el pueblo de Torre Pacheco.

Víctor sabe que el conflicto está a punto de estallar, por lo que empieza a organizar y trabaja duro con el movimiento de izquierdas y prepara y organiza la candidatura de la Casa del Pueblo, de su pueblo, Pozo Estrecho.

José M.ª Carrión Inglés, jefe político de la coalición de derechas junto con Santiago Meroño Carrión Maestre Zapata y otros, trabajan formando parte de la candidatura para las elecciones de 1933 y 1936 en el pueblo de Pozo Estrecho. Pierden las elecciones.

En enero de 1936: Víctor ya se propone como candidato a presidente en el pueblo de Pozo Estrecho. Su candidatura gana las elecciones cerca ya de la guerra civil y será nombrado presidente.

20 de febrero de 1936: Grupos de descontrolados asaltan el periódico *La Verdad* y lo incendian.

21 de febrero de 1936: A Víctor le llegan malas noticias, han intentado quemar la iglesia donde fue bautizada su hija Agustina y el sepelio de su hijo Nicasio.

16 de febrero de 1936: Fueron las elecciones generales de la nación española, en la que triunfa el Frente Popular, formado por todos los partidos de izquierdas.

A los tres días de las elecciones, hordas descontroladas de milicianos extremistas y que nada tienen que ver con el Ejército republicado empiezan con el asalto y la quema de iglesias. Todo lo que huela a religión será víctima de persecución.

17 de febrero de 1936: Paredes Saura, el Sordo, es nombrado, por la junta local del Partido Socialista Obrero Español, presidente de la Casa del Pueblo de Pozo Estrecho.

También forman parte de la directiva: secretario, Salvador Gutiérrez, Isidoro Saura Garre, Ángel Saura, Victoriano Conesa y otros...

Por el Partido Comunista es elegido Seceranio Cánovas y otros.

Su trabajo en el campo empieza a mejorar y comienza a sembrar con algún propietario de tierras a medias (le llaman mediero a quien trabaja las tierras así), pero no lo hace en su pueblo, Pozo Estrecho, se desplaza a la sierra de La Unión, cerca del Cabezo

Rajado, no lejos de las antiguas minas romanas de plomo, que se siguen explotando. Aproximadamente a veinte kilómetros que recorren cada día en bicicleta. Solo hay bus de línea a Cartagena.

Las hortalizas, melones, tomates eran las plantaciones más tradicionales y las más habituales.

La familia entera participaba en las labores del campo, las hijas, algunas con doce años, ya dejan de asistir a la escuela. Comparte esta activad con trabajos a jornal, riego, desbroce, injertado de viñas, etc.

Compagina las labores del campo con su responsabilidad como presidente de la Casa del Pueblo. Cada día que pasa, las cosas se van poniendo peor, se tienen que tomar decisiones de acuerdo con la ideología de izquierdas y la guerra no augura nada bueno.

Día 27 de junio de 1936: La Casa del Pueblo recibe un oficio del alcalde de Cartagena, Julio César Serrano (republicano), el Frente Popular gana las elecciones y las cosas empiezan a ponerse muy tensas. El bando dice que se tiene que desplazar a la finca Torre Nueva, propiedad de D. Antonio Moreno, ubicada en Pozo Estrecho, y proceder a la quema de todas las imágenes y objetos religiosos.

Víctor Paredes busca dos automóviles y junto con Antonio Moreno Sandoval y nueve hombres más se dirigen a dicha finca llegando sobre las diez de la mañana.

Santiago Rosas San Martín es el casero, que les sale a recibir. Víctor se dirige a él y le pide que le entregue las llaves de la capilla que está dentro del recinto de la casa.

Santiago, el casero, les pide si tienen alguna orden para realizar ese atropello. Víctor le hace entrega del oficio en el que dice que se le diera la mayor facilidad para las quemas de imágenes y ornamentos religiosos. Víctor no participa en la quema, pero sí sus hombres, y se limita a lo justo que dice el oficio. Los bancos de los fieles no dejan que se quemen y ordena que se lleven al pueblo; allí les serán más útiles que quemados. Los llevaron a la escuela.

Un íntimo amigo del casero Santiago, conocido por todos, pasaba por las inmediaciones de la finca, le llamó atención ver allí a milicianos y se acercó a preguntar lo que pasaba; uno de los milicianos le dijo que tenían la orden de requisar todas las sábanas que hubiera, para llevarlas a los hospitales. Saludó a Víctor, pero del resto de milicianos no conoció a ninguno, ya que eran todos de Cartagena, entre ellos estaba un vecino del pueblo, Vicente Molina.

Más tarde, pasando por las inmediaciones, a otro jornalero lo llamaron para que se acercara, preguntándole a dónde iba, responde que a su casa; muy sorprendido le dan unas colchas de cama diciéndole que las aceptara porque había órdenes de repartirlo todo, mientras tanto el resto de los milicianos seguían cargando los coches.

Día 3 de agosto de 1936: Son las tres de la tarde, el calor es sofocante, Víctor en compañía del secretario, tres hombres y tres mujeres vestidos de milicianos armados con fusiles y pistolas, se presentan otra vez en la finca Torre Nueva con la intención de requisar unos automóviles que allí se guardaban. Una vez allí les sale a recibir el casero, al cual le piden las llaves del garaje. Santiago se niega en dárselas a Víctor, les dice que los automóviles son muy viejos, finalmente abre las puertas y pueden apreciar que realmente eran viejos y no valía la pena requisarlos. Víctor quiere regresar lo antes posible al pueblo y evitar lo que él evitó la primera vez, el saqueo de la casa, pero no lo consigue.

Uno de los milicianos armado le preguntó a Víctor si habían registrado toda la casa, no le quedó más remedio que decir que no, porque no tenía las llaves. «Eso no es una excusa —responde el miliciano—, para esto no hacen falta llaves». Acto seguido violentaron la puerta y accedieron dentro haciendo pasar delante a Santiago el casero. Empezaron a registrar hasta llegar a un aparador, el cual no podían abrir, así que uno de ellos, el secretario, cogió su fusil y efectuó un disparo sobre la cerradura; se repartieron algunos efectos entre milicianos. Víctor se llevó una canana y un morral. La finca Torre Nueva no fue incautada por la UGT de Pozo Estrecho.

Junio de 1938: Víctor y varios miembros de la comisión se presentaron en la finca de Dolores Caballero Inglés y su esposo Julio Pellicer García, propietarios de la finca denominada Casa Grande.

Sus propietarios, a comienzos de la guerra, huyeron a refugiarse a Murcia capital, quedando la finca abandona, no estaba en producción desde hacía tiempo.

La Casa del Pueblo decidió requisar la finca con diez u once fanegas de tierra y ponerla en producción y dar trabajo a obreros que estaban en paro.

Le pusieron el riego y la empezaron a cultivar, dando buenos resultados en la producción.

La finca estuvo en producción un año. Los propietarios regresaron a la finca una vez finalizada la guerra.

1936: Estalla la Guerra Civil Española

El Gobierno de la Segunda República pone en marcha la tan esperada y deseada reforma agraria en defensa del pequeño campesino propietario, arrendatario o aparcero, para combatir el gran desempleo rural. El campo de Cartagena pasa por años se sequias severas que duran años, que conllevan al endurecimiento de la vida de los campesinos cartageneros.

La ciudad de Cartagena, una de las más importantes de España, también padece graves problemas de suministro de agua potable.

Se prepara el primer proyecto (canal) de trasvase de agua para el campo de Cartagena.

La lucha contra las penurias económicas y carencias de los campesinos ha empezado, en unos años el efecto de las reformas se empieza a notar, pero durarán poco.

Abril de 1936: Víctor Paredes está establecido con su familia en la calle de la Era Concejil de Pozo Estrecho; se prepara junto con sus colaborares para la fiesta de la conmemoración de la república, y llegado el día ordena y hace parar todas las labores del campo, da un mitin en la plaza del pueblo, los patronos están en contra de que se paralicen los trabajos del campo.

1 de mayo de 1936: Ordena que ese día también sea festivo, la fiesta del trabajador es época de siega, interviene el líder comunista González Peña que también da un mitin. Para algunos patronos, la mayoría de derechas, la república es nefasta, hacer fiesta los obreros no es de su agrado.

12 de junio de 1936: Radio Pozo Estrecho emite un anuncio:

> Programa para hoy en el cine Maiquez de Cartagena: Título de la película... *Capturados*...
>
> Citaciones para reunión, viernes día 18 a las siete de la tarde, en la Casa del Pueblo.

El presidente de la Casa del Pueblo empieza a presionar a los patronos para que sus trabajadores estén afiliados a la UGT.

Los periódicos van llenos de noticias de guerra.

El día 12 de julio 1936: El acorazado Jaime primero fondeado en el puerto de Málaga es bombardeado por la aviación fascista.

Se produce el golpe de Estado del 17 al 18 de julio de 1936, promovido por una parte del Ejército, que más tarde desemboca en la guerra civil española.

Todos los proyectos de la Segunda República se ven truncados y empiezan a paralizarse y eso hace que las penurias económicas y carencias en el campo regresen otra vez.

El 17 de julio de 1936: Comienza la guerra civil española para derrocar a la república española elegida democráticamente.

Víctor Paredes Saura tiene treinta y seis años. Vive en Pozo Estrecho en la calle la Era Concejil con su familia; Carmen, su mujer, cuida de sus cuatro hijos, la mayor con diez años, Antonia, Agustina con nueve, José con cinco y Domingo con tres años.

El levantamiento comienza en las islas Canarias, luego pasa por Marruecos para ser secundada en otras guarniciones en la península.

A los sublevados golpistas se los llama fascistas; lo forman una parte del Ejército republicano comandados por Franco, y también a la derecha antiliberal y burguesa, la Iglesia católica, que apoya el levantamiento dándole el nombre de «cruzada» o guerra Santa y quieren eliminar a la república, elegida democráticamente.

La Iglesia ve peligrar sus grandes privilegios al ver como la república decreta una España laica. La Iglesia se une y apoya el golpe de Estado.

La república la forman todos los pensamientos e ideales tanto de derechas como de izquierdas, pero la derecha católica ve a los rojos como el demonio. Al bando republicano se le atribuyó el apelativo de «rojo». Que la Iglesia apoye el golpe de Estado en vez de mantenerse neutral dará lugar al anticlericalismo más radical de los grupos descontrolados a favor de la república.

La provincia de Murcia se moviliza. La incertidumbre, el miedo, empezará a formar parte de la vida cotidiana de las personas, hay que poner especial atención con quién hablas y lo que dices, si eres de derechas o de izquierdas.

Las consecuencias pueden ser terribles, el odio, la envidia, la venganza, la miseria pueden jugarte una mala pasada, las denuncias por pequeñas rencillas pueden llevarte a la muerte.

En Cartagena, la rebelión de los oficiales de la Marina contra el Gobierno fracasa, debido a la oposición de la mayoría de los marineros que están en contra del golpe de Estado y son fieles a la república.

San Javier, la base militar de aviación, apoyó el golpe de Estado, mientras que la base de Los Alcázares es fiel a la república.

Las fuerzas políticas de izquierdas de la provincia de Murcia condenan el golpe de Estado de los días 17, 18 y 19 de julio de 1936.

Entre los días 19 y 20 de julio fueron detenidos los mandos principales del puerto de Cartagena. El 21 de julio los mandos de la base aérea de San Javier, la mayoría de los que apoyan el golpe fascista, oficiales y marineros, son detenidos. Los oficiales son llevados al vaporprisión Río Sil, otros a los buques prisión España 3 y España 5.

El Frente Popular (FP) hace un llamamiento para la defensa de la Segunda República, cuyo presidente es Manuel Azaña.

Se empiezan a formar comités que dependen del Frente Popular.

La creación de tribunales populares como forma de administrar justicia durante la Guerra Civil llevará a la barbarie de algunos grupos incontrolados.

La llegada del acorazado Jaime I a puerto de Cartagena para su reparación y desembarco de heridos y fallecidos hace que la tripulación quiera vengar el ataque al Jaime I.

En agosto de 1936 se cometen los primeros asesinatos.

Los barcosprisión Río Sil y el España 3 reciben la orden de salir hacia alta mar.

Una vez en alta mar, los cincuenta y pico oficiales son sacados de las bodegas y fusilados para lanzar más tarde su cuerpo al mar con sus grilletes como lastre; se sigue con el mismo proceder con los ciento cincuenta presos del España 3.

Será costumbre que cada vez que la aviación fascista bombardea Cartagena la respuesta de los descontrolados será la venganza, con asesinatos, mediante las sacas y el paseo.

Cartagena es republicana, está el Partido Socialista Obrero Español, la UGT (Unión general de trabajadores), la CNT (Confederación Nacional de Trabajadores) y el Frente Popular (FP).

Los grupos de izquierdas incontrolados se organizan en milicias, son grupos armados no pertenecientes al Ejército que se van formando al entorno de partidos políticos y sindicatos obreros para contrarrestar el golpe de Estado del 18 de julio.

Estos incontrolados grupos son los más peligrosos, su sed de venganza y odio no tiene parangón.

El día 24 de julio de 1936, Víctor Paredes se presenta en la vivienda del cura párroco del pueblo de Pozo Estrecho, don Bartolomé Martínez, y le manifiesta que tiene que cerrar la iglesia y desalojar la vivienda que está adosada a ella. Víctor actúa en todo momento con respeto, sin ningún tipo de amenaza ni coacción, y menos con violencia. Don Bartolomé sabía que tarde o temprano eso iba a suceder y el miedo a que fuera igual de violento como estaba oyendo en las noticias de la radio y los titulares de los periódicos en otras regiones del país lo tenía muy preocupado y asustado. Pero no fue así.

El día 25 de julio de 1936 se produce el primer saqueo y las quemas de iglesias en Cartagena.

El día 26 de julio, milicianos provenientes de Cartagena saquean la iglesia de Pozo Estrecho y en la plaza queman madera, imágenes y objetos religiosos.

Víctor no está presente ni en el saqueo ni en la quema. Víctor está trabajando en el interior de un pozo propiedad de Francisco Saura; dos veces tuvo que dejar el trabajo para dirigirse a la iglesia con el afán de que no se produjeran más saqueos. Los milicianos terminan quemando y destruyendo diez u once imágenes con cinco o seis cuadros.

El día 27 de julio de 1936 el cura párroco abandona la iglesia y la vivienda. Víctor le facilita otra vivienda en el mismo pueblo, por lo que el cura no queda desamparado.

El día 29 de julio, el cura párroco de Pozo Estrecho, por su propia voluntad y en contra de la voluntad del presidente y demás dirigentes, decide marcharse a otro pueblo Agramón (Albacete); le advierten de los peligros que corre si se va del pueblo, porque fuera de él no podrán protegerlo. Don Bartolomé Sánchez Martínez piensa que estará a salvo en otro pueblo que no le conozcan.

Lo habla con su amigo José Álvaro, que vive frente a la iglesia, y ambos deciden emprender el viaje juntos. Se viste de paisano y los dos salen hacia Agramón al día siguiente, día 30; nada más llegar son detenidos por un grupo de milicianos de Agramón.

Un grupo de ellos decidió eliminarlo mediante el procedimiento del paseo, pero la intervención de uno de los dirigentes, que pidió al resto no se le hiciera nada hasta recibir informes del pueblo de Pozo Estrecho de donde procedían, hace que ganen tiempo, unas horas, la suerte los acompaña.

La llamada telefónica a la Casa del Pueblo que recibe de Agramón pone en alerta a Víctor, el presidente sabía perfectamente que la vida de su párroco pendía de un hilo y de unas horas. Inmediatamente organizó un comando con dos camiones y cuarenta o cincuenta milicianos armados, que salen de inmediato en busca del párroco.

Una vez llegados a Agramón, se dirigieron al centro donde tenían detenido a don Bartolomé y a José Álvaro, las negociaciones fueron muy rápidas. «Venimos a buscarlos al cura y acompañante para hacernos cargo nosotros», no hubo discusión, evidentemente, dos camiones cargados de milicianos armados hicieron su efecto. Entregaron a don Bartolomé, y a José.

Regresaron a Pozo Estrecho sin otro contratiempo que el de un «pesado» viaje.

Don Bartolomé regresa a la vivienda que hacía unos días le había proporcionado la Casa del Pueblo y sobre todo vuelve a la protección de su vida y bienestar, a nadie en el pueblo le molesta que viva entre ellos.

Vienen días difíciles para todo lo que huela o suene a religioso o a derechas.

Víctor Paredes no es religioso ni cree en la religión, pero respeta la opción de cada persona, sea de derechas o de izquierdas.

En su familia se sigue con la tradición, la prueba es que bautiza a sus hijas e hijos y que se casó por la Iglesia.

Víctor cogió a su familia y se instaló en la casa rectoral del cura. Tenía muy claro el destino que le iba a dar a ese edificio, así como a la iglesia pegada pared con pared a la vivienda.

Víctor y el comité ya habían decido que la iglesia, entre otras opciones, sería un almacén de aprovisionamiento para el pueblo, como el resto de las Casas del Pueblo de España.

Hace obras de remodelación, se levantan nuevos tabiques divisorios, unos para adecuarlos como vivienda, etc., y otros para instalar las oficinas y la sede de la UGT. El fin de las Casas de Pueblo era destinarlas a cosas más útiles que al culto religioso.

La Casa del Pueblo es un lugar multifacético con una rica historia y diversas funciones. Aunque su propósito principal es servir como un espacio político y sindical, también desempeña otros papeles y roles importantes. Es un punto de encuentro para actividades, aquí, los trabajadores se reúnen para discutir sus asuntos laborales. También es un espacio para el entretenimiento, organizan obras de teatro, proyecciones de películas, biblioteca y sobre todo enseñan a leer y escribir, pues la tasa de analfabetismo en la clase obrera del campo es altísima.

Las requisas de la iglesia y la casa parroquial también sirven y contribuyen a proporcionar refugio y cuidados a quien más lo necesita, como centro hospitalario.

Solo la gente pudiente lo tiene fácil, sus hijos van todos a la escuela, las personas analfabetas tienen limitadas su participación en la sociedad.

Aunque ya existían antes de la guerra, se calcula que hay unas novecientas por toda la España republicana. Son vitales por su importancia social y humanitaria.

Víctor empieza a recibir información de todos los desmanes y asesinatos que se están produciendo por doquier en el campo de Cartagena y en la misma ciudad.

Le asusta pensar que eso pueda suceder en su pueblo natal, el Jimenado, no muy lejos de su actual domicilio en Pozo Estrecho.

La madera de la iglesia que no fue quemada por los milicianos de Cartagena, incluido el retablo, es vendida, el dinero recaudado va a la caja para las ayudas de refugiados y menesteres de los planes previstos a realizar de la Casa del Pueblo.

La iglesia de Santiago Apóstol está ubicada en el barrio de Santa Lucía (está a un tiro de piedra), muy cerca del puerto de pescadores de Cartagena.

Es la iglesia donde Víctor Paredes bautizó a su segunda hija, Agustina. La misma parroquia donde en 1929 fue enterrado su primer hijo varón, Nicasio, con apenas dos años de vida.

Florentina Rivero es una niña que vive en este barrio. Es un día caluroso del mes de julio de 1936 y regresa a pie junto con su vecina de darse un baño en una pequeña playa que la llaman de los Carabineros, que está muy cerca del barrio.

No les queda más remedio que para ir a su casa, pasar por la puerta de la iglesia y subir por las antiguas escaleras, donde de pronto se encuentran con un grupo de milicianos apilando en medio de la calle unas encima de otras las imágenes, libros, objetos religiosos, que van sacando del interior de la iglesia; al final del montón en la cúspide como adorno final, la imagen de Sta. Lucía, una escena muy impactante para una niña que no sabía qué estaba sucediendo. Ante tal escena, la vecina observa como la niña se emociona y llorando le pregunta por qué están haciendo eso, otro miliciano está arriba en la torre del campanario intentando arrancar la campana gritando que la querían quemar.

La vecina no le responde y tirándole del brazo la fuerza a seguirla para que no mirara más, obligándola a correr hacia sus casas. Más tarde le pegarían fuego.

D. Francisco Soler Espinosa. Nacido en Cartagena, es el cura de la parroquia de Santiago Apóstol del barrio de Sta. Lucía, para él los problemas de persecución empezaron mucho antes del 18 de julio de 1936. Comenzaron en abril de 1931, cuando sube al poder el Frente Popular al instaurarse la república. Le pegan fuego a la puerta de la casa donde vive. Tiene que abandonar Sta. Lucía y refugiarse en Bullas y Totana.

Pasado un tiempo, es nombrado rector de Sta. Lucía y regresa a su pueblo natal. Sigue con su labor trabajando allí, no esconde sus preferencias hacia la derecha y eso en esa época no traía nada de bueno.

Sabe perfectamente que la persecución religiosa, impulsada principalmente por las izquierdas, no se detuvo hasta el triunfo electoral de las izquierdas en febrero de 1936, que volvió a ponerla en el punto de mira. En ese momento los milicianos comunistas más radicales del Frente Popular intensificaron su acción. Y vuelve a ser objeto de persecución. La violencia anticlerical es ya imparable.

Hasta que el día 25 le arrebatan las llaves violentamente y le requisan la iglesia. Lo amenazan de muerte. Un feligrés lo acoge en su casa, pero solo pasa un día, sabe que no está seguro y que su vida corre peligro.

La iglesia deja de ser la casa de culto para convertirse en la Casa del Pueblo, donde se instala un comité de milicianos.

El día 27 le llegan voces de que van a por él y huye del barrio, se va a Totana pensando que allí estará a salvo; a las pocas horas de llegar, las primeras denuncias llegan al Ayuntamiento, eso lo obliga a huir de Totana otra vez y regresa a Cartagena, esta vez lo hace a casa de una hermana, María, y su esposo Tomás.

Consigue estar escondido hasta el 22 de septiembre. Una vil y rastrera denuncia hace que localicen dónde está escondido. Una orden del Comité Alianza Revolucionaria hace que un grupo de milicianos, compuesto por tres hombres y una mujer, se presenten en casa de su hermana y se lo lleven detenido a la plaza Castellini, donde está el local que es del Partido Comunista y donde están las oficinas del comité.

Se procede a su interrogatorio y posteriormente también a su tortura para que se aliste en sus filas. Francisco Espinosa se niega y es decidida su muerte esa misma noche del interrogatorio, que es cargado en un coche y llevado a un paraje, a un lugar conocido como Badén de Miranda, en la población del Albujón, y allí es ejecutado. Francisco tiene cincuenta años. Encuentran su cadáver terriblemente mutilado el día 23 de septiembre en el citado Badén del Albujón, Cartagena.

Había un individuo patibulario, el celador municipal del Albujón, este fanfarroneaba durante tiempo en las tabernas de la zona de que si le llevaban las orejas del cura, se las comería con cerveza... Como así parece ser que ocurrió.

Los periódicos de Cartagena y los que se distribuyen a las poblaciones se agotan rápido, los partes de guerra ya forman parte de los titulares de todos los periódicos. La radio se escucha a todas horas.

Lo mismo sucede en su pueblo natal, el Jimenado. Los milicianos asaltan la iglesia y queman su retablo, así como imágenes, pocas cosas se salvan y, lo peor, el enfrentamiento vecinal que se salda con varios asesinatos.

«¡No...! ¡No...! —se repite mil veces en su mente—, aquí esto no va a suceder... ¡Mientras yo sea el presidente de la Casa del Pueblo, esto no va a pasar!».

La coalición de derechas ha perdido las elecciones, se ve obligada a reunirse a escondidas.

Mientras, el Partido Comunista hace una lista con una relación de la gente de derechas que deben ser detenidas. Una vez completa la lista, es remitida a la Casa del Pueblo de Pozo Estrecho para que esta diera el curso al Ministerio de la Gobernación.

Una vez la lista en poder de Víctor, se negó rotundamente a darle curso a la denuncia. Se está jugando la vida al enfrentarse a los comunistas, no se iba a detener a nadie mientras él fuera el presidente, por muy de derechas que fueran las personas que figuraban en esa lista.

Delante de la presión, acepta de toda la lista a siete u ocho personas, las cuales son detenidas y llevadas a Cartagena, solo pasarán una jornada detenida.

Gracias a las gestiones de Víctor en favor de los detenidos, solo uno de ellos pasará más días en la cárcel. Antonio Carrión López, que pasará seis meses en la cárcel.

José M.ª Carrión Inglés, junto con trece o catorce individuos de reconocida afección al movimiento nacional, la coalición de derechas de Pozo Estrecho se reunía a escondidas en la galería de un pozo donde un motor en su interior extraía el agua para el riego.

Allí tenía guardada una radio, la marca podía ser una Philips o una radio de válvulas o una ideal de onda larga, en la cual oían todas las emisiones de las noticias del bando nacional y seguro que las de la emisora nacional de Madrid con programas como la voz de su amo.

Su guarida fue descubierta y denunciadas las reuniones clandestinas varias veces a la Casa del Pueblo.

Víctor Paredes se reunió con José Carrión Inglés, rogándole que tomara precauciones, porque podría ser peligroso que se enterara otro comité fuera del pueblo.

Llegan los primeros piquetes a pozo estrecho

En camiones procedentes de Cartagena y otros pueblos, dispuestos a buscar a las personas de derechas, para lincharlos o matarlos.

Los grupos más radicales e incontrolados del Frente Popular y las FAI se dedican a la caza del posible traidor a la república de derechas y católicos. Los que apoyan el golpe de Estado.

Para evitar que las imágenes y objetos de valor de la iglesia de Pozo Estrecho fueran destruidos y quemados, los mismos dirigentes de la Casa del Pueblo que algunos eran católicos se las dieron como estaba sucediendo en otras localidades; se repartieron entre diferentes familias de derechas para que las guardaran y evitaran así su destrucción. Pasado poco tiempo, milicianos y agentes de Cartagena consiguieron descubrir algunas que fueron quemadas y destruidas. Víctor se negó a participar en la quema de estos objetos sagrados.

La anécdota es que no encontraron la imagen de san Fulgencio y es que un vecino la escondió en el cementerio, dentro de un nicho. A las pocas semanas fallece un vecino del pueblo, que coincide que en el nicho donde está escondida la imagen, y es donde tienen que enterrarlo; los responsables, la noche antes del entierro, saltaron la tapia del cementerio, «desenterraron» la imagen y por la misma tapia que saltaron pasaron la imagen escondiéndola en otro lugar hasta el final de la guerra.

Todo lo que era madera que adornaba la iglesia, bancos, retablo, etc., fue vendida, el dinero obtenido pasó a la caja de la tesorería de la Casa del Pueblo.

La finca de Dolores Caballero Inglés y su esposo Julio Pellicer García, denominada Casa Grande, fue incautada, las fincas que todos sabían que no eran productivas fueron objeto de un plan para ponerlas en producción. Los propietarios huyeron al comienzo de la guerra refugiándose en Murcia.

Siempre se partía primero del diálogo con el propietario o propietaria, sino se llegaba a un acuerdo para ponerla en explotación, se procedía a la incautación.

El fin era dar trabajo a los parados, ya que no había otro medio para poder ganarse un sueldo. Víctor tenía muy claro que la miseria solo lleva a más miseria y la única forma de quitar el hambre era que las tierras produjeran.

El Frente Popular de Cartagena ordena requisar todas las armas a la gente de derechas. Víctor requisa todas las armas que hay en Pozo Estrecho a la gente de derechas; lo realiza sin violencia y recoge una cantidad de armas apreciable.

El único que llevaba armas en el pueblo era él, una pistola en el cinto, modelo Astra 400, y los componentes de la comisión cuando era necesario.

Los días, semanas y meses van pasando y la guerra empieza a formar parte de la cotidianidad del día a día, está por todos sitios, ya no hay un sitio más seguro que otro.

Cartagena es una de las bases militares de mayor envergadura de la península y es bombardeada por primera vez el 18 de octubre de 1936 por aviones alemanes; días más tarde Los Alcázares, los bombardeos se realizan por la noche. El Pueblo de Pozo Estrecho no está muy lejos y seguro que el rugir de los cañones antiaéreos y las explosiones de las bombas debían de sentirse en la lejanía durante los días y las noches de bombardeos.

El gran proyecto aprobado tiempo atrás por la república de impulsar y convertir el campo de Cartagena en una gran extensión de regadío se frustra con la guerra, y las obras que ya se habían empezado de los canales del trasvase quedan paralizadas.

El día 26 de octubre de 1936 Segunda Ureña Selles se refugia en Pozo Estrecho, acaba de salir de la cárcel de San Antón de Cartagena, los milicianos han asesinado a sus dos hermanos, Fernando y Luis. No puede seguir viviendo en Cartagena, su vida corre peligro. Se desplaza a Pozo Estrecho y se presenta en la Casa del Pueblo donde conoce a Víctor Paredes, ha oído hablar de él.

Se establece en el pueblo, donde vive una vida tranquila sin temor alguno, hasta que un día extremistas del pueblo la denuncian. Víctor da órdenes de que no se la persiga. Alguna vez durante su estancia en Pozo Estrecho se ha visto obligada a desplazarse a Cartagena, en varias de ellas coincide con Víctor en el coche de línea.

Mantienen alguna conversación durante el trayecto. Sale a relucir el descontento de algunos extremistas por su labor de protección a las personas de derechas. Sabe que quieren provocar una convocatoria para pedir que Víctor sea sustituido de su cargo de presidente del pueblo.

Muchas personas del pueblo temieron por su vida si conseguían relevar de su cargo a Víctor.

Pero no llegó a suceder, su valía se impuso y Víctor no fue relegado de su cargo como presidente del pueblo.

Víctor tenía plena convicción de que mucha gente considerada de derechas, en la mayoría de los casos, era gente que no tenía signo político, solo que por hecho de tener algunos bienes o tierras ya eran considerados por los milicianos de izquierdas como merecedores de la muerte, cosa a la que Víctor se opuso siempre.

El día 27 de octubre de 1936 la base aérea de Los Alcázares es bombardeada por primera vez.

Cartagena, 25 de noviembre de 1936, son las cinco treinta de la tarde, el ruido de aviones fascistas que se acercan a la ciudad pone en alerta al ejército y a la marina.

Las sirenas suenan alertando a la población, las primeras de las bombas que caen de los aviones van dirigidas al puerto, la deflagración que producen las explosiones de las bombas al tocar a su objetivo se puede observar desde lejos, junto al sonido repetitivo y atronador de la artillería antiaérea; es el caos en la ciudad, la gente corre a protegerse en los refugios mientras la artillería antiaérea intenta repeler el ataque.

Empiezan las primeras huidas hacia las poblaciones cercanas.

1937

Los periódicos de tirada en Cartagena cada día vienen con las noticias del frente de guerra.

Las emisoras de radio van llenas de noticias de un bando y de otro. Una de las noticias hace alusión a que en España hay cien mil coches, la mayoría en manos de personas de bien y de derechas.

Víctor Paredes, como responsable de la Casa del Pueblo, obliga a todos los patronos a colaborar con la UGT. Deben afiliar a sus trabajadores al partido y les hace pagar una cuota por cada trabajador. Una peseta por cada jornada. Necesita dinero para tirar adelante el proyecto para que todos tengan trabajo y ayudar a los más desfavorecidos. Pide dinero a los que más tienen y los más ricos del pueblo.

Obliga a los patronos a vender sus productos a los afilados de la Casa del Pueblo, en caso de negarse a venderles, los amenaza con la incautación o meterlos en la cárcel.

La vida en Pozo Estrecho no es fácil, los que más tienen no pasan hambre, pero los más desfavorecidos ven en Víctor su protección.

Imponía ciertas multas en concepto de donativos para ayudas a refugiados.

Se impone un impuesto de guerra al cementerio.

La comisión de la Casa del Pueblo acordó requisar el grano a Joaquín Martínez, vecino del pueblo. Quien se ocupó fue el secretario Victoriano Conesa Inglés, el Pacolla, su oposición a la entrega del grano lo llevó a pasar unos días en la cárcel.

Llega a oídos de Víctor que los obreros que trabajan en la finca dedicada a la agricultura de Pedro Martínez García son maltratados. No lo dudó y fue a comprobar si eran ciertos los rumores y se presentó armado con su pistola en el cinto que siempre le acompañaba.

La situación de guerra no es para ir desarmado, una vez en la propiedad le preguntó al patrón si eran verdad los rumores que habían llegado a sus oídos, que trataba mal a sus obreros, la respuesta del patrón fue que no eran ciertas las noticias que le habían llegado.

Días más tarde regresa a la finca con directivos de la Casa del Pueblo, Isidro Saura Garre, Ángel Saura, Victoriano Conesa y otros más, con el fin primero de pedir su colaboración de los productos que en sus tierras se producían, y segundo si se negaba a colaborar, proceder a su detención. Pedro Martínez se negó a colaborar y a compartir con las necesidades que cada día se agravaban más en al pueblo, le requisaron cinco cerdos que le pagaron más tarde y cuatro sacos de trigo; a los pocos días se le reclamó a la mujer del patrón que tenía que llevar a la Casa del Pueblo unas gallinas, la cual obligada las llevó.

La Casa del Pueblo (la iglesia) convertida en almacén, en la cual se recepciona todo tipo de víveres, azúcar, harina, trigo, frutas y otros objetos, que una vez almacenados el presidente o sus directivos repartían a las familias y personas más desfavorecidas del pueblo para intentar así aliviar sus penurias y necesidades.

La situación de guerra por la que está pasando el pueblo de Pozo Estrecho está causando muchas penurias a la población.

El trabajo es muy escaso y el censo de la población empieza a disminuir.

La policía militar se desplaza de Cartagena y es la encargada de patrullar por los pueblos.

La primera parada de la policía militar siempre es en la Casa del Pueblo y reunirse con la comisión para comentar y recibir las últimas novedades, para más tarde realizar las gestiones rutinarias de vigilancia.

La policía suele llevar listas con nombres de personas de derechas a detener.

Víctor está muy consciente de este tema: en nuestro pueblo, la policía no detiene a nadie sin su consentimiento. Si alguien del pueblo aparece en la lista, la policía solicita su dirección para proceder a su detención.

La defensa de nuestros vecinos es firme y decidida. Se niega a dar direcciones a sabiendas de que la reacción de la policía puede ser violenta, pero se las arregla para salirse con la suya.

Esta vez manda a detener a Pedro Martínez García, que se negó a colaborar con las necesidades del pueblo y pasará nueve días en la cárcel.

Un día de enero, como todos los días, los vecinos de Pozo Estrecho que no tienen coche, que es la mayoría, y que trabajan en la ciudad o alrededores, para desplazarse deben hacerlo con el coche de línea. Entre los viajeros que esperan en la parada, está el abogado Ángel Morenillo Martínez, natural de La Unión, de donde tuvo que huir por estar perseguido.

Este refugiado está con su familia en el pueblo desde diciembre de 1936 y ha elegido Pozo Estrecho para refugiarse porque es el único pueblo del contorno donde no se aplican tácticas de persecución contra nadie; antes de refugiarse en el pueblo sabía que el presidente de la Casa del Pueblo era una persona que se caracterizaba por sus buenas acciones y por el convencimiento de que los extremismos no llevaban a buen puerto.

No había llegado todavía el coche de línea cuando en el punto de parada del coche de línea se detiene un coche cargado con varios milicianos de CNT. Procedían de La Palma, pueblo vecino a cinco kilómetros, armados preguntando por el sacerdote.

La noticia llegó casi al instante a oídos de Víctor, que se presentó en la parada del coche de línea pistola en mano, junto a otros militantes de su partido, a oponerse por la fuerza de las armas a que volvieran a llevarse otra vez al cura.

Víctor, como siempre, salió a su encuentro y les dijo como otras veces: «¡Podéis iros por donde habéis venido, que aquí no se mata a nadie!». Esa era su máxima.

El 27 de febrero de 1937 se redacta un bando por la Casa del Pueblo, con membrete de sociedad de profesiones y oficios varios, trabajadores de la tierra de Pozo Estrecho.

Según acuerdo de este comité de agricultura, han de regarse todas aquellas tierras que se encuentren, aunque no lo hayan sido en épocas anteriores, dada la sequedad pertinaz de estos campos que pone en peligro la seguridad de la cosecha.

> Teniendo usted en su finca llamada Torre Nueva unas tres fanegas, aproximadamente, de siembra de cebada que esté pronto a secarse, de no regarla, le comunicamos con la mayor celeridad del riego oportuno, pues de lo contrario nos veremos obligados a tomar las medidas pertinentes.
>
> Pozo Estrecho, 27 de febrero de 1937
>
> Por la comisión firmado: Víctor Paredes
>
> Vecino de este: Antonio Moreno Sandoval

Víctor Paredes sabía de la Falange clandestina; a mediados de abril en un acto lúdico que se celebró en Pozo Estrecho conoció a Melgarejo Cánovas, Falangista ambos, sabían de sus tendencias políticas, Víctor no dudaba en expresar en público su disconformidad con los comunistas y de sus acciones. Semanas más tarde Cánovas fue detenido por intentar provocar una sublevación contra el Gobierno republicano.

La familia del falangista fue en busca de Víctor Paredes para que les ayudara. Víctor no tuvo ningún inconveniente en ayudarle. Se dirigió al tribunal y habló en su favor, pero no consiguió liberarlo y siguió en la cárcel hasta finalizada la Guerra Civil.

> 21 de abril de 1937, el periódico *Cartagena Nueva* elementos de la contrarrevolución:
>
> Comerciantes multados por traicionar al pueblo:
>
> José Saura - de Pozo Estrecho 250 pts.
>
> [...] Otros de otras poblaciones

El 30 de mayo 1937, se celebró en Pozo Estrecho una asamblea en la que estuvieron representadas las cooperativas agrarias de Atamaria, Albujón, El Beal, La Palma, La Puebla, Santa Ana, Los Belones, Miranda, Los Beatos, Los Urrutias, San José, Alumbres, El Algar y Pozo Estrecho. La idea era la de formar una cooperativa en cada localidad o una central con sucursales.

Víctor junto a sus colaboradores de la Casa del Pueblo participan con gran entusiasmo en esta asamblea, saben que ponen al pueblo de Pozo Estrecho en un lugar destacable por celebrase en él un acontecimiento tan importante. Aunque hay un poco de desorganización, sabe que, a pesar de la situación de guerra, los trabajadores del campo deben seguir luchando, deben seguir unidos.

El Ayuntamiento de Cartagena pasa por un periodo convulso donde el bastón de mando cambia de manos varias veces durante la contienda, unas veces formado por gestoras y otras por alcaldes que duran poco en su cargo, todos del Partido Socialista.

Quienes se levantaron contra la república lo hicieron también contra todas las reformas que estaban en marcha, entre ellas, la reforma agraria.

Evidentemente los grandes terratenientes apoyaron el golpe de Estado y el alzamiento militar y a ellos se sumaron los pequeños propietarios de tierras y arrendatarios.

Los golpistas empiezan a implantar la palabra «la dominación marxista».

Para que los españoles se crean que son los rojos los culpables del golpe de Estado, es por el bien de los españoles que todo lo que suene a república es pernicioso, malo, maligno y sobre todo contraproducente.

José Álvaro Álvaro es de derechas, su domicilio está frente a la iglesia convertida en Casa del Pueblo. Amigo del sacerdote D. Bartolomé.

No le pasaba nada desapercibido del día a día de lo que sucede frente a su casa, aunque no quisiera, el ir y venir, entradas y salidas del edificio de la Casa del Pueblo.

Estar sentado a veces frente a la puerta de su domicilio, sin querer, era testigo de todo lo que pasaba enfrente de su casa. «Un observador de derechas». Los días que tocaba reparto de víveres o actividades lúdicas, etc.

Sobre todo, las tardes calurosas de verano sentado en el portal tomando la fresca.

José se sentía seguro frente a las puertas de la Casa del Pueblo y bajo la protección de Víctor; sabía que todavía estaba en las listas y por lo tanto perseguido, y que en cualquier momento podría ser detenido y asesinado.

Su relación es frecuente por si alguna cosa le ocurría. Sabe que es el Frente Popular de Cartagena quien le enviaba las órdenes.

Tiene buenas relaciones con Víctor, incluso le había enseñado órdenes que le causaban mucho disgusto y que no podía excusar de cumplirlas.

Víctor tenía toda la información de las personas que buscaron refugio en Pozo Estrecho, lo mismo que en otros lugares; la mayoría, civiles, personas que huían de la persecución por ser de derechas.

Sabía de la existencia de un teniente coronel que era soltero, D. Joaquín Pórtela de la Llera, que vivía en Cartagena y que junto a sus hermanos se había refugiado en el pueblo. Ya llevaba meses viviendo bajo una aparente tranquilidad y seguridad, sabía de buena tinta que el presidente de la Casa del Pueblo era una persona honesta y con mucho coraje, sabía de sobra su consigna y máxima además de valiente. Pero por muchas precauciones que tomara, el día que nunca deseó que llegara junto a los suyos llegó.

Un día por la mañana llamaron a la puerta de su domicilio, al abrir la puerta se encontró en la calle a unos individuos, se identificaron como los Cela, con la pretensión de detenerlo a él y a sus familiares; lo habían descubierto.

Los vecinos de la calle pusieron en alerta a Víctor, que se desplazó con rapidez al domicilio.

Víctor se encontró de frente con los Cela, les invitó a irse, que él se hacía responsable de esa gente, mientras a la vez les reprimía diciéndoles que nunca han dado que hablar, que ninguno de los refugiados en Pozo Estrecho había dado motivo de quejas y menos creado conflicto alguno. «Por lo tanto, mientras yo sea presidente de la Casa del Pueblo, no iba a consentir detención alguna». Los Cela desistieron de sus intenciones y se volvieron por donde habían venido.

Un par de meses más tarde, como ya sabían el domicilio, lo volvieron a intentar. Pero Víctor se lo volvió a impedir. Ya no hubo más intentonas.

A medida que iban sucediendo los días de guerra, los patronos del campo seguían cosechando y realizando las labores que tocara en cada estación del año.

La guerra sigue en el diferente frente de España. Cartagena es republicana, se hace fuerte. El bastión está bien controlado y defendido.

La Casa del Pueblo comunica a sus vecinos que se necesita dinero para seguir manteniendo el proyecto de ayudas a los combatientes en el frente, como a los trabajadores del campo. Pide dinero al más pudiente del pueblo, a D. Fulgencio Cerezuela, a D. José Inglés, Antonio Carrión, etc. A otros les pedía cantidades más inferiores; a Fulgencio Cerezuela López le pidieron quinientas pesetas, pero solo les dio doscientas cincuenta y se conformaron con esa cantidad, en otra ocasión le pidieron doscientas pesetas que pagó.

Todo era por acuerdo, lo mismo que pagó una peseta por cada trabajador que se tenía trabajando en cualquier finca, ingresos que se hacían en la Casa del Pueblo.

Agustín Cerezuela Conesa, padre de Fulgencio, también colaboró económicamente, pero a él le extendieron recibos con los pagos.

Las patrullas del Ejército republicano (rojo), llamadas batallón de recuperación, de cuando en cuando solían pasar por el pueblo con el objetivo de localizar a posibles jóvenes huidos por no querer alistarse al Ejército para ir al frente.

Las conversaciones con Víctor eran frecuentes, una de las labores de la Casa del Pueblo era hacer cumplir las leyes de la república. Están en guerra y el control de los quintos que están en edad alistarse es estricto, se vigila y controla que ningún joven huya de sus obligaciones con la república y con su país. Pero son las patrullas las que se encargan realmente de detener a los que huyen para incorporarlos a filas, como sucedió alguna vez.

Se seguían refugiando en Pozo Estrecho familias de otros pueblos, como Francisco Meroño Sánchez, que tuvo que huir de Torre Pacheco, dejando todo, huyendo del peligro de las amenazas. Era el día a día de una época convulsa y maldita.

Todas las fincas rústicas de la zona de Pozo Estrecho son de propietarios de derechas, casi todas las fincas son de riego. Una de esas fincas era del recaudador de contribuciones de la zona, D. Rafael Ripoll, que estaba huido y escondido hasta finalizar la guerra.

Víctor era sabedor de esto e impidió defendiendo hasta el último día que se incautara, dejándola en manos de la familia para que siguiera produciendo y atendiendo sus necesidades.

La vida de los habitantes de Pozo Estrecho es bastante «tranquila», la cotidianidad del día a día está impregnada por la guerra, los que están a favor que apoyan el golpe de Estado, y los que defienden la república.

Las noticias de guerra son la conversación de cada día.

Los habitantes de Pozo Estrecho reciben noticias de las barbaridades y asesinatos que han sucedido o están sucediendo en otros pueblos del entorno y en el resto del país.

La máxima de Víctor es conocida por todos los vecinos del pueblo, sin importar su ideología o afiliación política. Mientras algunos vecinos se reúnen con él en la plaza y comentan las noticias de los asesinatos, él insiste: «Mientras yo sea el presidente de este pueblo, aquí no se mata a nadie».

Los niños y niñas en edad escolar siguen cada día su rutina de ir a la escuela, pero no todos tienen la suerte de ir, no todos tienen medios.

La escuela no es obligatoria, las familias que viven del campo son las más marginadas y las que menos participan de la enseñanza pública.

El analfabetismo entre la población es muy alto. Víctor sabe que la educación es muy importante y la Casa del Pueblo participa y apoya para que no haya ningún niño o niña en el pueblo sin escolarizar. Tiene muy buena relación con D. Juan Martínez Saura, que es maestro nacional en la escuela n.º 3. Es un joven con veintiséis años y es titular en esta clase desde 1934 hasta 1937, es de derechas y religioso.

Pone especial atención en los hijos de los obreros que en la situación de guerra no es fácil.

Empezó a ser perseguido por sus creencias religiosas. Buscó ayuda en la Casa del Pueblo y Víctor redactó un certificado salvoconducto que le entregó personalmente, gracias al cual no volvieron a perseguirle.

2 de julio de 1937: La Casa del Pueblo hace un llamamiento para recoger fondos para el combatiente. Los trabajadores de la tierra y oficios varios de Pozo Estrecho hacen donación en metálico de trescientas pesetas. Juventudes Socialistas Unificadas de Pozo Estrecho de trescientas pesetas.

Para el convoy que se está organizando al objeto de llevar víveres, ropa, etc., a todos los heroicos combatientes del frente de Madrid... Entregar en la Casa del Pueblo.

29 de julio de 1937: Ofrenda a un mártir de Pozo Estrecho, Juan Pérez Martínez.

Es detenido en el pueblo el contratista de obras Tomas Sánchez Carrión, acusado por espionaje, detenido y llevado a la comisaria de Cartagena.

Enterado Víctor, se desplazó en el coche de línea a la ciudad, llegado a la comisaria se encontró con el detenido, diciéndole que no se preocupara por nada, alegó en su defensa que lo conocía bien y que respondía por él, que no era ningún espía, que la denuncia era hecha con mala fe. A las pocas horas regresaba libre a su pueblo.

Julio Mínguez Moreno se refugió en Pozo Estrecho. No habían pasado un par de meses cuando el refugiado fue localizado en noviembre de 1937 por uno de los dirigentes milicianos más conocidos y feroces, llamado Fernando Mayo. Acompañado de otros individuos, se presentaron en Pozo Estrecho para proceder a la detención de Julio Mínguez.

Evidentemente que no había nada que se le escapara a Víctor. Se dirigió al encuentro de ellos y, tras una discusión, les advirtió que de Pozo Estrecho no se llevarían a nadie sin su consentimiento.

Sin embargo, las buenas relaciones no lograron disuadirlos de su empeño y la situación se tornó violenta, culminando en un intercambiado de disparos.

Aparecieron algunas personas más del pueblo y entre todos consiguieron que Fernando Mayo y sus acompañantes salieran del pueblo.

Leoncio Inglés Ros, de oficio carabinero, natural de Cartagena, es otra persona que es perseguida por ser de derechas. No le queda más remedio que huir de su ciudad y por buscar refugio fuera de ella tiene varias poblaciones, pero elige hacerlo en Pozo Estrecho.

La Casa de Pueblo dicta las normas de la política. Se experimenta un gran auge en cada uno de los pueblos, siendo muchos de ellos anarquistas, como en Pozo Estrecho, el Jimenado, Torre Pacheco, etc.

Consiguieron en muchos lugares terminar con el paro crónico que se vivía en esta zona.

Son tres años de mucho trabajo con unos resultados muy provechosos. Y no hablemos de la reducción de analfabetismo que consiguieron.

La UGT consigue un gran encaje a finales del año 1937, el campo ganó un aumento en la calidad de vida, más reparto de riqueza y sobre todo reduciendo el paro.

Todos estos éxitos lo pagarán caro.

Como consecuencia de la Guerra Civil, la cárcel de San Antón de Cartagena es clausurada como prisión civil el 2 de diciembre de 1937, lo presos comunes son trasladados a otras prisiones de España. Se convierte en una cárcel donde encerrar a los enemigos de la república, que en poco tiempo se llenó con presos y también de distintas regiones de España. La vigilancia interior de la prisión estaba a cargo de los guardias de seguridad y milicias de la CNT.

Es una época muy peligrosa para los presos políticos de derechas y militares que apoyaron el golpe de Estado y que fueron detenidos y encerrados en esa cárcel.

El Frente Popular es quien gobierna y las milicias campan a sus anchas.

Empiezan las sacas de la cárcel de San Antón de los facciosos por los milicianos más radicales y sanguinarios del Frente Popular, con la excusa de trasladarlos a otras prisiones del país. Era la forma de engaño para luego más tarde asesinarlos.

O darle el paseo, que consistía en el mismo y vil modo, para más tarde asesinar a los prisioneros.

Finaliza la Guerra Civil y la cárcel de San Antón pasa a manos y control de los golpistas «nacionales». Ahora la situación se reinvierte, se utiliza para encerrar a los vencidos.

1938

Día 3 de enero: La emisora de Radio Nacional de Madrid da el parte de guerra.

3 de enero de 1938: Los defensores de la comandancia de Teruel se rinden a las tropas republicanas.

Día 14 de enero: Barcelona es bombardeada por la aviación fascista italiana.

La guerra ha llegado a todas las grandes ciudades de España.

El cura párroco de Pozo Estrecho decide ir a visitar su pueblo natal Aledo (Murcia), unos setenta u ochenta kilómetros le separan de Pozo Estrecho. Hace tiempo que no ve a su familia y la situación de guerra es cada día más preocupante, las noticias no son nada alentadoras.

No puede ejercer su trabajo, sabe lo que arriesga si lo pillan. Vestido de paisano llega a pueblo Aledo. Llega a oídos de Víctor que el párroco se ha marchado a visitar a su familia a Aledo, a las pocas horas llegan noticias a la Casa del Pueblo de la detención del cura.

Víctor no pierde el tiempo, busca un coche y junto con cuatro milicianos armados se desplazan en su busca. Durante el viaje, no hacen más que pensar en cómo es posible que no haga caso de las advertencias y del peligro que corre su vida saliendo de Pozo Estrecho.

Llegados a Aledo se dirigen a las dependencias, donde está detenido, reclamando su puesta en libertad, alegando que «ellos se harían cargo».

Trasladado nuevo a Pozo Estrecho, donde permaneció hasta el final de la Guerra Civil, donde fue objeto de todo tipo de protección contra atropellos y persecuciones por parte de los grupos incontrolados de milicianos que solían ir a la caza de religiosos.

El vecino del pueblo Francisco Meroño Sánchez tiene dos hijos, Vicente y Francisco, están destinados y luchando en el frente del Segre en Cataluña contra los golpistas.

Fueron incorporados por su quinta en el Ejército republicano. Pero desde que fueron incorporados a filas tenían el firme propósito de pasarse al bando golpista, en el momento que tuvieran la oportunidad de hacerlo. Toda su familia era de derechas.

A mediados del año 1938, luchando en la zona del río Segre, Cataluña, tuvieron la oportunidad de pasarse al bando enemigo y así lo hicieron.

Las noticias corrieron rápidas por todo el pueblo de Pozo Estrecho y alrededores. La misma gente del pueblo lo denunció a la policía.

Pasadas unas semanas, la policía se desplazó a la casa de los padres con la firme decisión de detener a los padres, por el simple hecho de ser los padres de dos desertores que se han pasado al bando enemigo.

Evidentemente cualquier acontecimiento que suceda en el pueblo está bajo la supervisión de la comisión de la Casa del Pueblo.

Víctor se desplaza a casa del vecino con la firme decisión de evitar que detengan a unos inocentes. La rápida intervención de

Víctor, su enérgica defensa y apoyo hacia los dos vecinos convenció a la policía de que nada tenían que ver con la decisión de sus dos hijos.

Los libró de una muerte segura o de un largo cautiverio, ya que los padres también eran de derechas de toda la vida, y que no tenían relación alguna con personas de izquierdas, nunca habían tenido protección de nadie. Víctor conocía a todos los vecinos del pueblo y recíprocamente, sabía de sobra que eran buenos vecinos y que para él la ideología no era motivo de ninguna clase de persecución.

Corren rumores de que la actitud de Víctor Paredes es nefasta por defender a personas de derechas o católicas, protegiéndolas y evitando su detención, enfrentándose a los milicianos que se desplazan al pueblo en busca de inocentes, jugándose la vida por ello.

Lo acusan a él y al pueblo de ser un nido de fascistas.

15 de mayo de 1938: El periódico *Cartagena Nueva:*

> Se pierden dos americanas, se gratificará quien las presente en la Casa del Pueblo de Pozo Estrecho.

Una mañana, Clotildo Verdú Cánovas se presentó en la Casa del Pueblo (la iglesia), vecino del pueblo, a solicitar ayuda para sus hijos. La iglesia es un almacén de víveres y de otros objetos y productos.

Se dirigió a Cortés para que le proporcionase algún bote de leche condensada para sus hijos. Mientras era atendido por Cortés, se presentaron en el local los hermanos Cela, pidiendo por el presidente de Casa del Pueblo Víctor Paredes, que no estaba muy lejos de él. Víctor se dirigió a ellos preguntándoles qué querían, uno de ellos le sacó una lista con varios nombres de personas de derechas y pidiéndole que les facilitara los domicilios. Clotildo oyó dos nombres, los hermanos Pórtela y el Sr.

Carmona, mientras Víctor hacía una enérgica defensa, advirtiéndoles que en su pueblo no se detenía a nadie sin su consentimiento. Estos enfrentamientos con los milicianos ponían a Víctor en situaciones que a veces se jugaba la vida, sabía de sobra lo que les iba a suceder a esas personas si conseguían llevárselas.

Clotildo aprovechó un descuido y se fue corriendo a avisarles para que tomaran todas las medidas para que no los detuvieran.

Los hermanos Cela retornaron a Cartagena con las manos vacías.

Julio de 1938: Sor Josefina Pescador es otra refugiada, siendo la superiora de la Casa Expósito de Cartagena, junto con otras hermanas que prestaban sus servicios en la casa con ella. Tienen que huir de la ciudad, son perseguidas y huyen a refugiarse a Pozo Estrecho.

Víctor se enteró de las nuevas refugiadas a las que fue a visitar, les ofreció protección y el auxilio que necesitaran, visita que se repitió varias veces proporcionándoles víveres.

Sor Josefina una tarde dirigiéndose al pueblo fue sorprendida por un temporal de agua, Víctor Paredes y su esposa la recogieron, más tarde buscaron un coche que la llevó a su domicilio.

Pedro Martínez García es labrador y vecino de Pozo Estrecho, es detenido en Cartagena por la Policía militar y puesto en libertad a las pocas horas.

En la declaración ante el juzgado, acusa al presidente Víctor de ser el causante de esa detención, sin prueba alguna, lo acusa de que la Policía militar primero pasó por el pueblo a recoger la lista de los que tenían que detener, entre los que figuraba él. (Estuvo encarcelado nueve días, tiene mala memoria, la detención fue hace ya tiempo y fue por no colaborar con las necesidades del pueblo).

9 de octubre de 1938: El Partido Comunista celebra su segundo aniversario con un mitin. Tema: liberalización de la mujer en el campo. En el cine local de Pozo Estrecho.

1939: Final de la Guerra

Cartagena será republicana hasta el final de la guerra.

El día 29 de marzo de 1939: Las tropas de la IV División de Navarra entran en Murcia sin oposición alguna.

La ciudad de Cartagena es la última ciudad de España en caer en manos de Franco.

El 30 de marzo de 1939: Liberalización de Pozo Estrecho. Entran las fuerzas de ocupación fascistas.

El día 31 de marzo: Las tropas de Franco desfilan por la ciudad de Cartagena. Desde ese mismo día se pone en marcha la maquinaria de la represión. Se reparten bandos escritos y por megafonía: «... que todos aquellos que se opusieran a las nuevas autoridades serán juzgados».

Empieza la farsa: para justificar los asesinatos que vendrán y la dura represión que empezará de inmediato, se acusa de «rebelión militar» a aquellos que lucharon contra ella.

Víctor se ve perdido, sabe lo que le pasará si lo detienen. Sc va a visitar a la hermana sor Josefina para pedirle consejo.

Le comenta que muchos dirigentes huían al extranjero y que no sabía qué hacer. Víctor le dice que él tiene la conciencia tranquila, pues solo había hecho todo lo que pudo de bien, a todas las personas, fueran de la ideología que fuera.

Sor Josefina le responde y aconseja que no debe de huir, que se quede, que su proceder ha sido correcto y que no debe temer, que no le acarreará cosas graves.

A los pocos días regresa a su anterior domicilio de la calle de la Era, abandona la casa rectoral.

Llega el nuevo alcalde pedáneo a Pozo Estrecho

El presidente de la Casa del Pueblo Víctor Paredes Saura es víctima del golpe de Estado por los rebeldes (los vencedores) y en su lugar ya hay un sustituto que está ejerciendo sus funciones de alcalde presidente (alcalde pedáneo), elegido a dedo y afín al régimen franquista, el 3 de marzo de 1942.

El 3 de abril finaliza la guerra.

Finaliza la guerra civil española y la cárcel de San Antón de Cartagena se llena de presos políticos, que conviven junto a los presos comunes, lo mismo que el resto de las cárceles españolas.

Ahora la historia la escribirán los vencedores.

El párroco de Pozo Estrecho, D. Bartolomé, recupera la casa rectoral y la iglesia, donde se empieza a normalizar la actividad religiosa paralizada durante la guerra. Tiene mucho trabajo atrasado, bautizos, matrimonios, enterramientos. Las actividades religiosas se van instaurando, son ya una actividad cotidiana.

El cura recupera su protagonismo y los privilegios anteriores. Pasa de estar perseguido a muerte a formar parte de la jerarquía que gobierna. Hay que resaltar que en la Iglesia se empieza a usar un vocabulario especial para sus feligreses, que se irá incrementado con la represión para calificar al vencido, también en los calificativos para elogiar al cura.

El cura utiliza en todos los documentos que libra a sus feligreses la coletilla «año de la victoria».

16 de mayo de 1939: La Falange ya dispone de local en el pueblo de Pozo Estrecho.

31 de mayo de 1939: Pedro Martínez García se presenta en el local social de la Falange en Pozo Estrecho para denunciar a Víctor, presidente de la Casa del Pueblo.

28 de junio de 1939: Julio Pellicer García denuncia al presidente de la Casa del Pueblo, la denuncia se hace en la sede de la Falange de Pozo Estrecho.

21 de Julio de 1939: El delegado de la jefatura local de Pozo Estrecho, Julio Cánovas, envía al juzgado militar un informe de Inocente Cánovas Pérez relativo a Víctor Paredes Saura.

31 de julio de1939: En el periódico *Cartagena Nueva,* en el apartado de multas:

> Multas: a Pedro Antón Sánchez y Palmar, por llevar leche adulterada, reincidente 200 pts.
>
> Y por conducir de dentro del carro 10 pts.
>
> Al dueño del bar por proporcionar agua a los lecheros.
>
> Uno de Pozo Estrecho por leche aguada, bastante.
>
> Por hacer aguas menores en la vía pública 5 pts.

A principios del mes de agosto, se procede a la detención de Víctor

Su mujer Carmen se queda sola y sin el principal sustento de la casa y con cinco hijos a su cargo. ¿Qué será de ellos a partir de ahora...?

5 de agosto de 1939: La auditoría de guerra del Ejército de ocupación juzgado n.º 2 de Cartagena, calle Gisbert, da las órdenes que con la mayor urgencia se den informes de conducta social y política de Víctor Paredes Saura.

5 de agosto de 1939: Se proceda a instruir juicio sumarísimo con el n.º 4226.

5 de agosto de 1939: **Víctor** Paredes Saura ingresa en prisión.

1 de septiembre de 1939: el periódico de *Cartagena Nueva* anuncia:

> Próximo domingo día 3 a las cinco y media de la tarde se enfrentan los equipos de la Gimnastica Abad y el C.D. de Pozo Estrecho.

1 de septiembre de 1939: Empieza la Segunda Guerra Mundial; Alemania invade Polonia.

10 de septiembre de 1939: Nace su séptimo hijo, al que le ponen el nombre de Víctor, su padre está preso.

13 de septiembre de 1939: El periódico *Cartagena Nueva* necrología: «Fallecimiento de M.ª Paz Inglés Saura».

Todos los periódicos de Cartagena llevan cada día el parte de guerra de los diferentes frentes de España.

19 de diciembre de 1939: Es enterrado en una fosa en el cementerio de Pozo Estrecho, **víctima del franquismo**, Francisco Ros Pérez.

La esposa

La esposa de Víctor, Carmen, tiene que hacerse cargo de los cinco hijos.

Tiempos muy difíciles, tiempos de penurias para una mujer sola, y más con el agravante de «ser la mujer de un rojo».

Eso quiere decir que los que apoyaron el golpe de Estado, ahora «los vencedores», ya no se esconden, ahora serán ellos los que mandarán en el pueblo, poco iban a preocuparse de la mujer de un rojo.

Qué suerte tuvo Carmen, la esposa de Víctor, presidente de la Casa del Pueblo, de que no la acusaran de roja y terminara con el mismo destino de su esposo.

Tiene que buscarse la vida para ella y sus cinco hijos, lo único que conoce como trabajo son las labores del campo.

Durante la semana, hace trabajos de jornalera en el campo. Las jornadas no se limitan a las típicas ocho horas; son más extenuantes. Al llegar a casa finalizada la dura jornada cansada, se enfrenta a otra ardua labor: cuidar de sus cinco hijos. No es tarea fácil.

Sin embargo, cuenta con la inestimable ayuda de sus dos hijas mayores, Antonia (trece años) y Agustina (doce años). Aunque ya no asisten a la escuela, su contribución es invaluable.

Después de un día agotador, llega el momento de descansar y acostarse, la mente no descansa y la primera imagen que le llega es la de su esposo, encarcelado y privado de libertad. El agotamiento de una dura jornada la hace caer en un profundo sueño. Mañana hay que levantarse temprano.

La jornada empieza temprano, primero preparar los apaños de los más pequeños y luego a las siete horas dirigirse al tajo; hay trabajo para varios días y hay que aprovecharlos y si la hija mayor puede ir con ella, será una ayuda, aunque el salario sea una miseria, ayudará a la economía de la casa. No sabe si la semana que viene la volverán a llamar.

Los largos días de verano poco a poco se desvanecen gradualmente. El otoño llega, seguido por el invierno. Carmen, sola en su hogar con sus hijos, se enfrenta a las frías noches de invierno en una casa que pocas comodidades tiene, la verdad que ninguna, «una casa» humilde en su máxima expresión.

Las noches de invierno son largas e interminables. Su mente se llena de pensamientos de su esposo, encerrado entre barrotes de una celda de prisión. Un lugar irónicamente llamado con el nombre de un santo. La cárcel de San Antón alberga a aquellos que sufren injustamente.

¿Por qué le han puesto el nombre de un santo a un lugar donde las personas que están encerradas en su interior padecen, mueren o son injustamente maltratadas?

Aunque haya otros reos que se lo merezcan, ¿por qué no ponerle otro nombre que nada tenga que ver con la bondad y la caridad...? ¡Qué incongruencia! La cárcel de San Antón.

¿Tendrá frío esta noche? ¿Habrá cenado? ¿Qué le harán? ¿Por qué, por qué nos tiene que pasar esto a nosotros, sufrir tanto?

Aunque las infidelidades de su marido, bien conocidas, merecieran que lo pagara, le hacían pensar lo contrario, ¿pero una mujer en esa época qué podía hacer? ¿A dónde iba a ir? ¿Quién la iba a recoger con cinco hijos?

¡Y encima mujer de un rojo… que se pudra…!

De lunes a sábado, no había tiempo, nada más que sobrevivir. Los domingos los dedica a su marido, preso en la cárcel.

Durante la semana separa la comida y la ropa y las pocas cosas que llevará a su marido a la cárcel. Del pueblo de Pozo Estrecho a la cárcel de San Antón son doce kilómetros aproximadamente.

Carmen, los domingos por la mañana más bien temprano que tarde, con la fresca y cargada con su cesta con comida para su marido. Coge el coche de línea en el punto de parada del pueblo y se desplaza a Cartagena.

A medida que se aleja el coche de línea del pueblo, cuando Carmen mira hacia atrás a través de la ventanilla, ve aquella torre del campanar de la iglesia cada vez más lejos, hasta que desaparece.

Aquel «maldito campanar» le hace recordar a Carmen, la esposa del convicto, las causas de sus penurias, cada vez que lo divisa, cuando gira la vista hacia atrás en su ida hacia el penal, aunque en el regreso al ver la torre en la lejanía les decía que ya les quedaba muy poco por llegar a su casa, con sus hijos.

Cerca del penal estaba el bar del Tío Paco, el de la Morena, que era por suerte amigo de su marido, allí era donde primero llegaba, él les facilitaba todo lo necesario para que ella pudiera cocinar y si algo le faltaba o se le había olvidado, se lo facilitaba.

Allí terminaba de elaborar la comida caliente que le llevaba más tarde a su marido, cuando llegaba la hora de las visitas, con alguna aportación más para el resto de la semana.

Qué decir que la comida hecha por su esposa y que recibía de ella era mil veces mejor que la que le daban en la cárcel.

De esta suerte, también participaba el hermano de Carmen, José Antonio, cuñado de Víctor, que también estaba preso con él.

Los domingos, el reo Víctor podía recibir visita, ver a su mujer y a sus hijos. Era lo que más deseaba y esperaba cada minuto de la semana.

Carmen también compartía con su hermano algunos de los momentos.

Qué corto se hacía el tiempo de visita; cumplido el tiempo había que volver al pueblo, volver a casa, dejar al padre, al esposo y al hermano allí.

La vida sigue, al día a día se le suman los problemas cotidianos, la falta de dinero, no tener al cabeza de familia, el esposo, es muy duro con cinco hijos.

Los días no pasan, las semanas se hacen largas, los meses eternos.

Pero la visita de familiares y amigos en la casa de Carmen la ayudaba mucho a que no se derrumbara, no le importaba que los amigos de sus hijos e hijas vinieran a su modesta y humilde casa para hacerles compañía, eso aliviaba un poco y por momentos se olvidaba del dolor de la prisión, porque, aunque no estuviera encerrada, padecía y sufría como si lo estuviera.

Donde cabían cinco, siempre cabían algunos más, la pobreza, la falta de trabajo en esa época era motivo de emigración, algunos familiares emigraron a otras partes de España. Pasados muchos años y pasada la posguerra, algún familiar de regreso fue a su pueblo a visitar a los familiares. En esos encuentros, en algún momento, recordaban emocionados que la tía Carmen les había quitado mucha hambre en aquellos años de la posguerra.

12 de agosto de 1939: El delegado de la Falange de Pozo Estrecho, Inocencio Cánovas Saura, manda informes (denuncia) de Víctor Paredes Saura al juzgado n.º 2 de Cartagena.

23 de agosto de 1939: La Guardia Civil del puesto de Pozo Estrecho remite informes de Víctor Paredes al juzgado militar

permanente n.º 2 de Cartagena, siguen las averiguaciones y denuncias contra Víctor.

29 de agosto de 1939: El comandante del puesto de la Guardia Civil de Torre Pacheco envía informes al juzgado n.º 2.

10 de septiembre de 1939: Nace su sexto hijo varón, al que le ponen el nombre de Víctor, como su padre.

2 de octubre de 1939: Víctor Paredes Saura sigue en prisión.

2 de noviembre de 1939: El abogado Casimiro Muñoz Plazas se presentó voluntariamente en el juzgado para manifestar todo lo que sabe sobre Víctor Paredes Saura, aportando una extensa información en defensa y beneficio de Víctor, entre otras, que el declarante es de derechas y eso no influyó para que un día le salvara la vida frente a unos milicianos que llegaron a detenerlo.

10 de noviembre de 1939: El abogado José Cortes Varela y también secretario del Ayuntamiento de la población de La Unión se presenta voluntariamente en el juzgado militar de Cartagena para aportar toda la información de que dispone en defensa del presidente Víctor Paredes.

José Varela se tuvo que ir del pueblo de La Unión porque corría peligro su vida por ser de derechas y se refugió en el pueblo de Pozo Estrecho desde el 23 de octubre de 1936 hasta el 29 marzo de 1939, y ha permanecido durante todo este tiempo con su familia a salvo, gracias a la intervención de Víctor Paredes, que dos veces le salvó la vida. El primer intento de detenerle para darle el paseo ocurrió a las pocas semanas de residir en Pozo Estrecho, en noviembre: se presentaron en Pozo Estrecho, enviados por el comité de la población de La Aparecida un número de milicianos.

Víctor sabía de su llegada y rápidamente llegaron las noticias de a quién iban a detener, no perdió tiempo y juntó a algunos de sus hombres, se presentó en el domicilio donde estaban los milicianos, a los cuales les dijo: «Mientras yo sea el presidente, aquí no se mata a nadie».

Víctor sabía de buena tinta que a José Varela le iban a dar el paseo, su destino estaba en sus manos. «Podéis volver sobre vuestros pasos, que aquí no tenéis nada que hacer». La segunda vez.

La policía gubernativa se presentó en el pueblo para detenerlo por orden del delegado gubernativo de La Unión. Víctor se puso de acuerdo con el Frente Popular de Cartagena que impidió la detención el 24 de diciembre de 1936.

Día 21 de diciembre de 1939: Se decreta prisión atenuada de Víctor Paredes Saura, pendiente de juicio, con la obligación de comparecer ante el juzgado todos los jueves de cada semana y durante las veces que fuera llamado.

1940: La cárcel

La amenaza de Hitler sobre Europa persiste incesante. Sus palabras cargadas de odio y antisemitismo se siguen extendiendo por toda Europa.

La cárcel de San Antón fue construida por la Segunda República en el año 1930 en el mismo barrio de San Antón de Cartagena, Murcia, sus altos muros perimetrales cierran en forma pentagonal los edificios interiores de los reclusos.

Finalizada la guerra pasa a ser utilizada por los vencedores el 31 de enero de 1940 como cárcel común, donde se aplicó la venganza con dureza extrema, todo tipo de torturas, castigos, condenas a prisión y ejecuciones sumarísimas. Por ejemplo: se condena a penas de cárcel por blasfemar.

28 de febrero de 1940:

> Diligencias previas n.º 882 contra VICTORIANO CONESA INGLÉS (a) el Pacolla SECRETARIO DE LA CASA DEL PUEBLO de Pozo Estrecho, que se instruyen en juzgado militar n.º 1 de Cartagena.

25 de marzo de 1940: La prisión de partido de San Antón en Cartagena recibe el mandamiento de ingreso en prisión efectivo de Víctor Paredes Saura.

27 de abril de 1940: Se decreta la prisión atenuada de Víctor Paredes Saura.

27 de abril de 1940: Se decreta la puesta en libertad de Víctor Paredes Saura.

8 de mayo de 1940: Santiago Meroño Carrión se presenta en el juzgado voluntariamente para declarar a favor de Víctor Paredes. En su declaración hace hincapié que al ser llamado a filas por el Ejército republicano y no presentarse, la policía militar se desplaza al pueblo, donde lo detienen y se lo llevan preso a Cartagena. Las gestiones que hizo Víctor consiguieron que lo pusieran en libertad, pudiendo regresar a su pueblo Pozo Estrecho, donde permaneció oculto, hasta el fin de la guerra.

10 de mayo de 1940: Hitler invade los Países Bajos.

11 de mayo de 1940: Orden del gobernador civil para ser conducido Víctor Paredes Saura de la cárcel de San Antón de Cartagena a la cárcel provincial de Murcia, no se encuentra en dicha prisión y sí en libertad provisional, y que se manifieste si puede ser conducido a Murcia.

22 de junio de 1940: El Ejército nazi de Hitler ocupa el norte de Francia y la costa Atlántica hasta la frontera de España.

6 de julio de 1940: El periódico *El Noticiero de Cartagena*:

> Se concede licencia ilimitada para dedicarse a la pesca del bacalao en Terranova e Islandia al soldado del tercer regimiento de Marina, Severo Rodríguez Casal.

Agosto de 1940: Prisioneros políticos, junto con objetores religiosos y presos comunes españoles, refugiados en Francia son enviados al campo de concentración de Mauthausen.

30 de septiembre de 1940:

> El juez Sr. Jódar Tobal cita a las siguientes personas de Pozo Estrecho; Jesús Inglés García, Antonio Carrión López, D. Antonio Conesa, D. Francisco Saura y D. Bartolomé Sánchez

para que se presenten en el juzgado a declarar porque han sido aludidos hasta la fecha.

Recíbase declaración al detenido, Clemente Molina Ruiz.

7 de octubre de 1940: Declaración ante el juez D. Jódar Tobal del sacerdote de Pozo Estrecho. D. Bartolomé Sánchez (en su declaración solo hace mención a la expropiación de la Iglesia).[1]

23 de octubre de 1940: Francisco Franco, el dictador, se desplaza a Hendaya. Al llegar allí, le espera Adolf Hitler. Ambos se estrechan la mano, un gesto que se convierte en el preludio de una época oscura, que no tarda en llegar.

28 de diciembre de 1940: El juez D. Jódar Tobal cita de nuevo a declarar a D. Inocencio Cánovas Pérez, delegado de la Falange en Pozo Estrecho, que no se presentó en el anterior llamamiento:

Cítese a Clemente Molina, que según aparece ya no se haya detenido en esta prisión y en libertad.

Cítese a los testigos José Álvaro Álvaro Álvaro, José Sánchez Martínez y Luis Cortés Varela.

---

1 En esta declaración, no hace ni la más mínima mención de las veces que le salvó la vida Víctor Paredes Saura.

1941

28 de enero de 1941: El juez Jódar Tobal pide a la jefatura local de la Falange F.E.T. y de las JONS en Pozo Estrecho remite los recibos firmados por Víctor Paredes al que elude el testigo Inocente Cánovas:

> Cítese a D. Jesús Inglés y a D. Fulgencio Cerezuela, aludidos también por Inocente Cánovas, al teniente coronel Pórtela y a D. Clotildo Verdú, aludido en la declaración de D. Luis Cortés.

22 de junio de 1941: Alemania invade la Unión Soviética.

16 de julio de 1941: La fiscalía jurídicomilitar procede a imponer la pena de seis años y un día a doce años de prisión mayor a Víctor Paredes Saura.

20 de noviembre de 1941: D. Mariano Martínez Carrasco y Rodenas, teniente honorífico del Cuerpo Jurídico Militar, Juez instructor de esta plaza. Necesita ayuda (auxilio) por el exceso de trabajo y nombra ayudante al brigada de infantería Salvador Padial Castejón, que jura el cargo.

2 de diciembre de 1941: El abogado defensor de Víctor Paredes Saura presenta escrito de las conclusiones provisionales.

3 de diciembre de 1941: La fiscalía auditoría de guerra de Murcia renuncia por exceso de trabajo a seguir con la lectura de cargos de Víctor Paredes Saura.

4 de diciembre de 1941:

> Asistido por su abogado defensor el Alférez del Regimiento de Artillería n.º 3 de Cartagena D. José Balsalobre Bonet, se presentan en el juzgado de lectura de cargos de Cartagena. Víctor no acepta entre otras, **la amnistía,** pero sí que comparezca como testigo Casimiro Muñoz Plaza con domiciliado en la plaza San Francisco.
>
> Firma: Víctor Paredes

1 de diciembre de 1941: Se repasa el padrón municipal de Cartagena. En la población de Pozo Estrecho, se basa en el mismo del año 1930 de la república, ahora lo hacen los nuevos gobernantes, el Gobierno fascista. Dice el padrón que en la calle de la Era viven en esa casa seis personas. Víctor Paredes Saura de cuarenta y un años y su esposa Carmen de treinta y cuatro años. Hijos: Antonia, catorce años sabe leer y escribir. Agustina (no consta en el Padrón). José, nueve años. Domingo, siete años. Víctor, catorce meses.

1942

20 de enero de 1940: Quince dirigentes nazis deciden la solución final. El exterminio de millones de judíos en las cámaras de gas.

20 de enero de 1942:

> La Fiscalía pide para Víctor Paredes Saura 8 años y un día de Prisión Mayor, y se estima que no ha lugar a la conmutación de pena. Código art. 550 de Justicia Militar.

30 de marzo de 1942: Se solicita la conmutación de pena y no se le concede.

20 de abril de 1942: Comparece ante el juez Víctor Paredes junto a su abogado para saber de la acusación del fiscal, en la que están de acuerdo.

1 de junio de 1942:

> PROCEDIMIENTO SUMARISIMO N.º 4226 de Murcia, se le condena a 8 años y un día de prisión mayor por el delito de AUXILO A LA REBELION con circunstancia de atenuante. Firmado en Alicante por el AUDITOR DE GUERRA DE ALICANTE Vicente Navarro Flores.
>
> 5 de junio Sección Justicia en Alicante firmado por el GENERAL.

5 de junio de 1942: La pena se considera como sentencia firme.

Víctor Paredes ingresa en la cárcel por segunda vez. La cárcel está abarrotada de presos políticos. Víctor se enteraría de todas las tropelías que ejercieron las milicias sobre los presos de derechas y militares que apoyaron el golpe. De la brutalidad de algunos carceleros o milicianos, de las sacas (paseos), uno de ellos, tal vez el más cruel, Santiago del Amo, Petroff, un sanguinario que mató a curas y monjas y se jactaba de ello. Juzgado (12121940/41).

Poco se sabía de lo que ocurría dentro de la cárcel de San Antón hasta aproximadamente octubre de 1941.

Mediados de septiembre de 1942: Los soviéticos hacen retroceder a los alemanes, que ocupan una parte de la ciudad de Stalingrado.

La vivienda

Pasada la posguerra, Franco manda construir en Pozo Estrecho una promoción de cincuenta viviendas; se llamó Delegación de Sindicatos Grupo 16 de enero de 1957.

Carmen, esposa de Víctor, su apoyo vital, tiene el último hijo en 1944, le ponen de nombre Antonio.

Carmen fallece tras una larga batalla contra la diabetes en 1959, a la temprana edad de cincuenta y tres años. Su partida prematura deja un sabor agridulce, pues aún le quedaba mucho por vivir y disfrutar en tan anhelada vivienda.

Desafortunadamente, no tuvo la suerte de poder gozar de la merecida comodidad que tanto ansiaba. Dese su matrimonio, no logró vivir en una casa digna; entre otras dificultades, su esposo cuenta con cincuenta y ocho años.

La vida de Carmen estuvo marcada por desafíos, pero su espíritu perseverante nunca se rindió.

Finalizadas las viviendas, se sortearon a los vecinos que más falta les hacían.

Esta vez la suerte estuvo de su lado, una de esas cincuenta viviendas les había tocado. A los pocos meses de morir Carmen se hicieron la entrega de las viviendas.

Las incongruencias de la vida hacen que quienes condenan a su esposo a la cárcel luego construyen viviendas para el pueblo.

En esa época es teniente alcalde de Cartagena D. José María Carrión, persona muy influyente. Y hay que remarcar que fue uno a los que Víctor Paredes Saura le salvó la vida.

Este señor fue el encargado de repartir las llaves de las cincuenta viviendas.

El señor Carrión, recordando la deuda que tenía con él, fue el primero en nombrarlo de los cabezas de familia y entregarle las llaves de la nueva vivienda.

Fue posiblemente el único reconocimiento en vida que recibiría Víctor Paredes Saura por una labor tan humana que realizó durante la guerra civil española... ¡Llamarlo el primero! ¡Qué detalle...!

Víctor Paredes Saura fue una persona humilde que vivió modestamente en el pueblo de Pozo Estrecho, bajo la dictadura de Franco, hasta su fallecimiento en su casa, de protección oficial en el año 1969, a los sesenta y nueve años.

En los años comprendidos entre 1931 y 1945, España vivió una época sumamente dura y convulsa. Sin embargo, los años de 1939 a 1975, marcados por la muerte del dictador, no fueron nada fáciles para aquellos que resultaron vencidos durante el franquismo. La posguerra junto a la represión fue larga. Muchos perdieron sus derechos; otras decenas de miles, la vida; otros, sus propiedades.

Por fin en junio de 2022, ochenta y tres años después de finalizada la guerra, se le reconoce su labor y se le dedica una plaza en el pueblo que defendió junto a los suyos. El Ayuntamiento de Cartagena le dedica la plaza:

«Plaza de Víctor Paredes Saura, presidente de la Casa del Pueblo de Pozo Estrecho». (19361939)

Reclutamiento: año 1920

Providencia: En cumplimiento a lo preceptuado en el Capítulo 8º de la vigente Ley de Reclutamiento y Reemplazo [illegible] de 1920, fórmense los [illegible] por los que se haga saber al vecindario que se va a proceder a la formación del alistamiento para el servicio militar, y recordando a los mozos comprendidos en el art. 32 de la Ley la obligación que tienen de [illegible] en dicho alistamiento, así como a sus padres [illegible] [illegible] a esta inscripción.

Fíjense igualmente en los sitios públicos de esta localidad los edictos en los que se insertan los art.º 27, 32 y 64 de la mencionada Ley.

Lo mandó y firma el Sr. D. Agustín Martínez Martínez, [illegible] Const.al de esta villa de [illegible] a treinta y uno de [illegible] [illegible].

Agustín Martínez

Santiago [illegible]

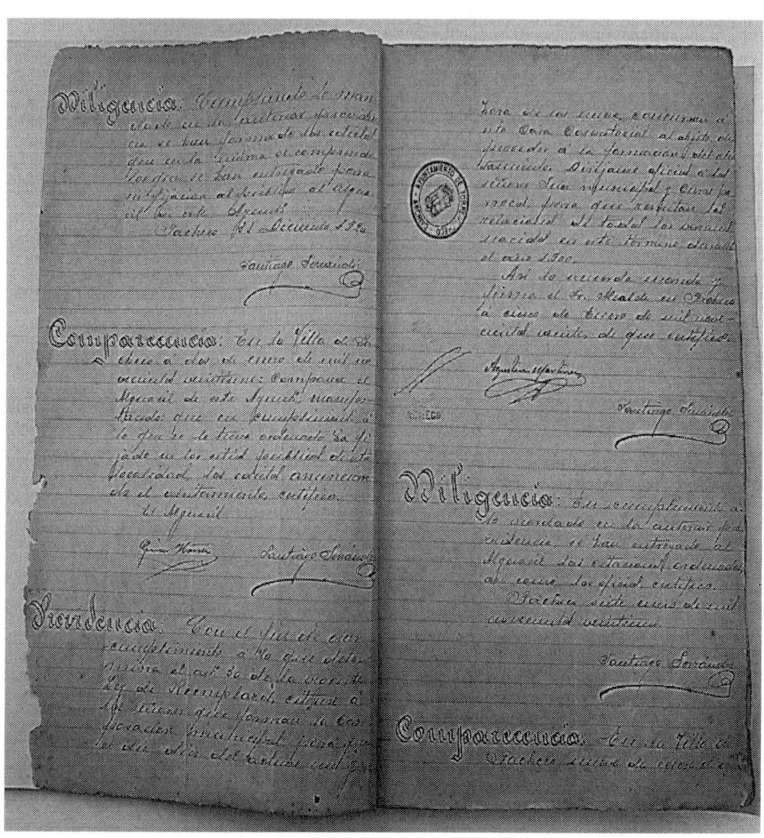

Nº 63

Victor Paredes Sauro: que

Talla 1'720 quedó pendiente en la sesión

Pº 84 anterior, vistas las certificaciones
remitidas por el Consulado de
España en Marsella, resulta: que
tiene la talla de un metro setecientos veinte milímetros y un perímetro
torácico de 84 centímetros siendo
apto para el servicio militar: y
el Ayunt° conforme con el Síndico

Soldado lo declaró soldado

a medida que iban saliendo. Terminado el acto del sorteo dispuso el Sr. Presidente se leyera en alta voz el resultado, lo que hizo así el infrascrito Secretario, leyendo también la lista de rectificación por orden de numeración resultó conforme con dicho resultado que fue el siguiente

Nº del alist.	Nombre y apellidos de los mozos	Nº del sorteo	
114	Gregorio Sánchez Martínez	Trece	13
130	José Campillo Gómez	Ciento seis	106
118	Saturnino Sánchez Martínez	Sesenta y siete	67
16	Hilario Fernández-Henarejos Sánchez	Catorce	14
120	Fernando Pérez Alcaraz	Ochenta y uno	81
93	Dionisio Mateo Soto	Ciento veintidós	122
83	Antonio Sanmartín Solano	ochenta y seis	86
49	Celestino Roca Cerdán	Cuarenta y ocho	48
71	Juan Antº Cortés García	Ciento	100
40	Antonio Saura Guillén	ochenta	80
112	Aniceto Saura Solano	Seis	6
103	Antonio Martínez Torralba	Treinta	30
22	Félix Fructuoso Martínez	Ciento quince	115
33	Demetrio Ros Ros	ciento ocho	108
25	Serafín Blaya Sánchez	ciento veintiséis	126
4	Pedro López Guillén	Setenta	70
11	Gregorio Jiménez León	noventa y seis	96
20	Alejandro Mateo Bastida	ciento veinticinco	125
2	Pablo Ros Sanmartín	Veintiséis	26
36	José Sanmartín Buendía	ochenta y siete	87
26	Florentino Sánchez López	ciento treinta y siete	137
18	Mariano López Ros	ochenta y ocho	88
[illegible]	Víctor Peñalver Vera	Sesenta y tres	63

a medida que iban saliendo. Terminado el acto del sorteo dispuso el Sr. Presidente la lectura en alta voz de todo el resultado, lo que hizo así el indicado Secretario leyendo también la lista de reparación por orden de números que resultó conforme con dicho resultado, que leí el siguiente

Nº del alf.	Nombres y apellidos de los electores	Nº del sorteo	
124	Gregorio Sánchez Martín	Trece	13
130	José Campillo Gómez	Ciento seis	106
113	Francisco Sánchez Martínez	Sesenta y siete	67
66	Hilario Fernández-Henarejos Sánchez	Catorce	14
120	Fernando Pérez Alcaraz	ochenta y uno	81
93	Nicasio Mateo Soto	Ciento veintidós	122
88	Antonio Sanmartín Solano	ochenta y seis	86
49	Celestino Roca Cordán	Cuarenta y ocho	48
51	Juan Antº Cortés García	Ciento	100
30	Antonio Saura Guillén	ochenta	80
112	Aniceto Saura Solano	Seis	6
103	Antonio Martínez Torralba	Treinta	30
92	Félix Fructuoso Martínez	cuarenta y cinco	45
33	Demetrio Ros Ros	ciento cuatro	104
25	Serafín Bleza Sánchez	ciento veintiséis	126
7	Pedro López Guillén	Setenta	70
11	Victoriano Jiménez León	noventa y seis	96
20	Alejandro Mateo Bentéolo	ciento veinticinco	125
9	Pablo Ros Sanmartín	Veintiséis	26
16	José Sanmartín Buendía	ochenta y siete	87
36	Florentino Sánchez López	ciento [illegible]	1[illegible]
15	Mariano López Ros	ochenta y ocho	88
40	Víctor Mercader Saura	Sesenta y tres	63

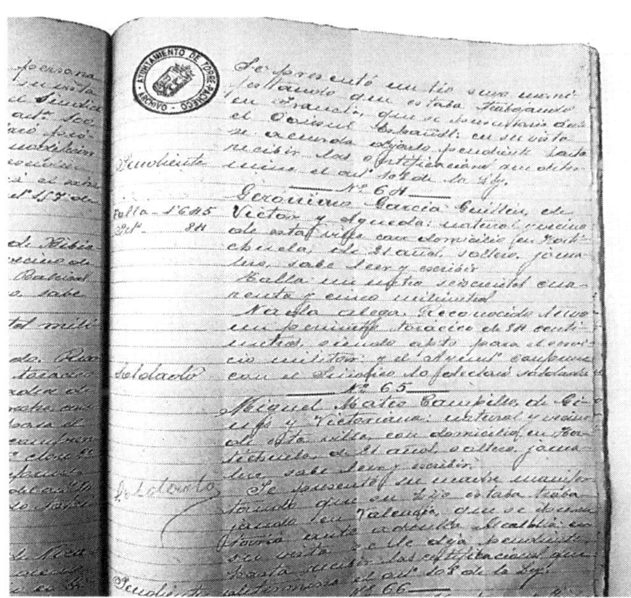

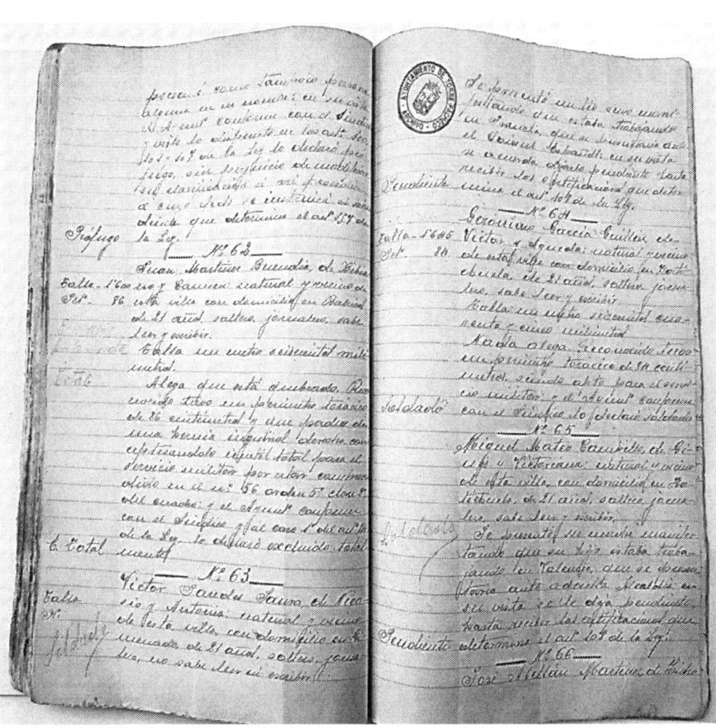

presentó como tampoco persona
alguna en su nombre: en su [illegible]
el Ayunt° conforme con el Síndi[illegible]
y visto lo dispuesto en los art. [illegible]
150 y 157 de la Ley lo declaró prófugo, sin perjuicio de rectificar
su clasificación si así procediera
á cuyo efecto se instruirá el expe-
diente que determina el art. 157 de

Prófugo — la Ley.

Nº 62

Juan Martínez Buendía, de [illegible]
Talla - 1'600 — no y Carmen: natural y vecino de
Pel° - 86 — esta villa con domicilio en [illegible]
de 21 años, soltero, jornalero, sabe
[illegible] — leer y escribir.
[illegible] — Talla un metro seiscientos milímetros.
Total 6 — Alega que está quebrado. Re-
conocido tuvo un perímetro torácico
de 86 centímetros y que padece de
una hernia inguinal derecha, con-
siderándolo inútil total para el
servicio militar por estar comprendido en el nº 56 orden 5° clase 1ª
del cuadro: y el Ayunt° conforme
con el Síndico y al caso 1° del art. [illegible]
de la Ley, lo declaró excluido total-
C. Total — mente.

Nº 63

Victor Sancho Sauro, de Nica-
Talla — sio y Antonia: natural y vecino
Pl: — de esta villa, con domicilio en la
Soldado — [illegible], de 21 años, soltero, jorna-
lero, no sabe leer ni escribir.

Relación de afiliados al socorro rojo internacional de pozo estrecho

RELACION DE LOS AFILIADOS AL "SOCORRO ROJO INTERNACIONAL"
de
P O Z O - E S T R E C H O

Número	Nombres
1	Isidoro Angosto Pérez
2	Pedro Pérez Martínez
3	Antonio Pérez Gutierrez
4	José Pérez Ruiz
5	José Verdú Morote
6	Diego García Madrid
7	María Pérez Saura
8	Pedro Montesinos Vidal
9	José Sánchez Martínez
10	Angel García Segura
11	Fulgencio Olivo Aparicio
12	Salvador Gutierrez Mena
13	José M. Baños Gilabert
14	Manuel Saura Vidal
15	Guillermo Gracia Navarro
16	José García Jimenez
17	Francisco Campos Pérez
18	Juan Pérez Martínez
19	Francisco Morales Salinas
20	Domingo Ballester Carrión
21	Máximo Álvaro Nieto
22	Joaquín Morote Morales
23	Francisco Fructuoso Alcaráz
24	Amaro Aparicio Marín
25	Ramón Morales Salinas
26	Teresa Pérez Ruiz
27	Dolores Pérez Ruiz
28	Juan Saura Vera
29	María Pérez Sánchez
30	Bartolomé Reverte Soler
31	María Carrión Ros
32	Paulino Sánchez
33	Luis Cegarra Saura
34	José López Ros
35	Dolores Ruiz González
36	Tomás Pérez Bermúdez
37	Rafael Soto Pérez
38	Juan Navarro Saura
39	José Soriano Celdrán
40	Rafael Ortega Mateo
41	José Cavas Rodriguez
42	Ginés Fernández Meroño
43	Bartolomé Gómez Morales
44	Dolores Conesa Álamo
45	Caridad Litrán
46	Josefa Conesa Almo
47	Francisco Pedreño Gutierrez
48	Pedro García Vidal
49	Matías Pedreño Gutierrez
50	Manuel Soriano Celdrán
51	Rosario García Meroño
52	Fulgencio Campos Saura
53	Carmen Soriano Celdran
54	Blas Ortega García
55	Tomás Velasco Vampillo
56	José Zamora Madrid
57	Pedro Noguera Rama
58	Juan Hernández Pialuz
59	Jesús Velasco Ródenas

Número	Nombres
62	Francisca Conesa Álvaro
63	Maria Saura Inglés
64	Hilario Martinez Pérez
65	Francisco Garcia Albaladejo
66	Hilaria Jimenez Baños
67	Flora Garrigós Guillen
68	Antonio Vidal Perez
69	Carmen SauraGuardiola
70	Josefa Gómez Morales
71	Antonio Saura León
72	Ginesa Lorente Navarros
73	Maria Luisa Roca Roca
74	Lorenza Saura Inglés
75	Carmen Martinez Buendia
76	José Velasco Campillo
77	Pedro Bernal Madrid
78	Maria Vidal Perez
79	Bernabe Saura Ballester
80	Francisco Saura Ballester
81	Sandalio Alcaraz Rosique
82	Jose Vera Saura
83	Fernando Saura Leon
84	Fulgencio Carrion Sanchez
85	Juan Nieto Sanchez
86	Severiano Canovas Azorin
87	Francisca Conesa Perez
88	Josefa Salinas Garcia
89	Andres Perez Martinz
90	Antomio Perez Campoe
91	Jose Gonzalez Garcia
92	Ricardo Sevilla Fuster
93	Fulgencio Martinez Sanchez
94	Gines Conesa Alvaro
95	Aquilino Ruiz Cerdan
96	Alejandro Saura Bolea
97	Francisca Garcia Martinez
98	Victor Paredes Saura
100	Pedro Garcia Sanchez
101	Luis Cernuda Campillo
102	Antonio Aparicio Martinez
103	Jose Conesa Alvaro
104	Pedro Cobacho Agulles
105	Jose Mª Saura Guardiola
106	Francisco Garcia Mercader
107	Cristobal Ros Conesa
108	Isidoro Gracia Perez
109	Fulgencio Saura
110	Juan SauraGuillen
111	Tomas Ortega Garcia
112	Joaquin Perez Garre
113	Dolores Litran
114	Lucio Martinez Saura
115	Jose Peres Sanchez
116	Rafael Palomino Basilio
117	Manuel Ruiz Vazquez
118	Pedro Palomino Zuazo
119	Benito Fernandez Aparicio
120	Esteban Sanchez Alvarez
121	Julian Perez Hernandez
122	Hortensia Cerezuela
123	Jose Cortes Pardo
124	Jesus Diaz Romera
125	Luis Cortes Pardo
126	Gregorio Saura Buendia
127	Gines Bermudez Vidal
128	Luis Carrion Carrion
130	Maria Conesa Alvaro
131	Florencio Sanchez Meroño

Desde aquí hay que hacer las fichas.

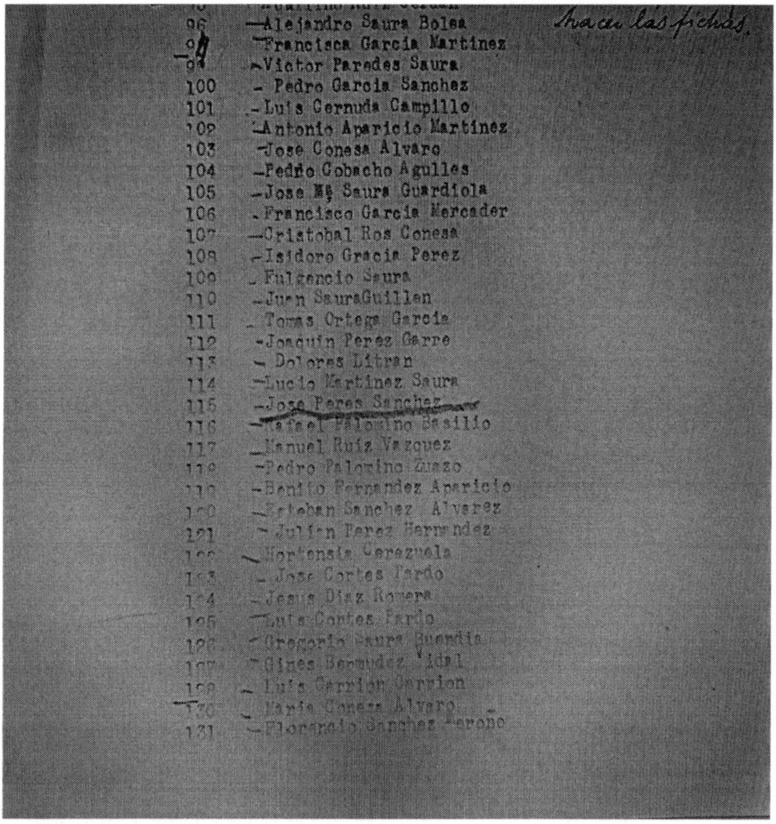

[illegible]

96 —Alejandro Saura Bolea

9[illegible] —Francisca Garcia Martinez

9[illegible] —Victor Paredes Saura

100 – Pedro Garcia Sanchez

101 –Luis Cernuda Campillo

102 –Antonio Aparicio Martinez

103 –Jose Conesa Alvaro

104 –Pedro Cobacho Agulles

105 –Jose Mª Saura Guardiola

106 –Francisco Garcia Mercader

107 –Cristobal Ros Conesa

108 –Isidoro Gracia Perez

109 –Fulgencio Saura

110 –Juan SauraGuillen

111 –Tomas Ortega Garcia

112 –Joaquin Perez Garre

113 – Dolores Litran

114 –Lucio Martinez Saura

115 –Jose Peres Sanchez

116 –Rafael Palomino Basilio

117 –Manuel Ruiz Vazquez

118 –Pedro Palomino Zuazo

119 –Benito Fernandez Aparicio

120 –Esteban Sanchez Alvarez

121 – Julian Perez Hernandez

122 –Hortensia Cerezuela

123 – Jose Cortes Pardo

124 –Jesus Diaz Romera

125 –Luis Cortes Pardo

126 –Gregorio Saura Guardia

127 –Gines Bermudez Vidal

128 – Luis Carrion Carrion

130 – Maria Conesa Alvaro

131 –Florencio Sanchez Moreno

Sacar las fichas.

Documentos y fotografías de la época

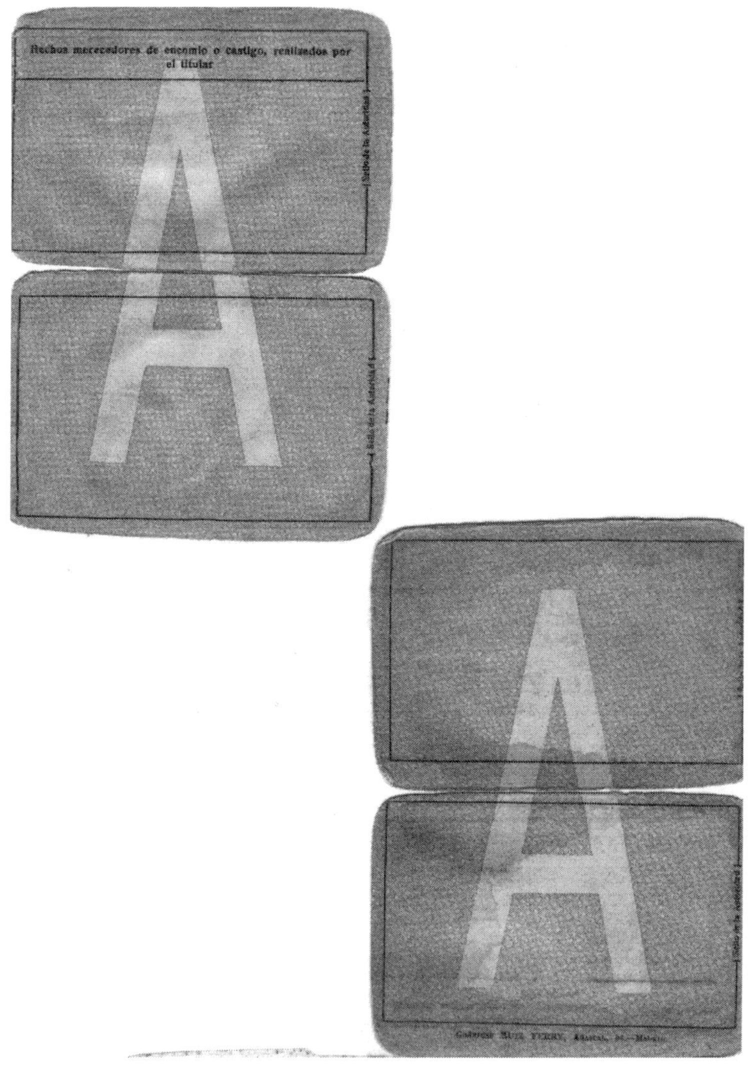
Hechos merecedores de encomio o castigo, realizados por el titular

SEGUNDA CLASE

Jefatura de Obras Públicas de la Provincia de MURCIA.

4 FEB 1930

A0683977

Vehiculos de motor mecánico de servicio particular

Número del permiso: 5470

Permiso para conducir, por todas las vias públicas de España, vehiculos de motor mecánico de 2ª categoría

El Ingeniero Jefe de Obras Públicas de la provincia:

Visto el Reglamento para la circulación de vehículos de motor mecánico por las vías públicas de España de 16 de junio de 1926,

Constando en el informe del Ingeniero Industrial D. Manuel Cánovas Hernández que D. Pedro José Vazquez Planas examinado con vehiculos de segunda categoria sabe conducir esta clase de vehículos y cumple los demás requisitos exigidos por los arts. 5.º y 7.º del citado Reglamento, expido el presente permiso al interesado para conducir vehículos de esta categoría.

El interesado,

Murcia 4 de Febrero de 1930

El Ingeniero Inspector de Automóviles,

El Ingeniero Jefe de Obras Públicas,

P.A.

Obras Públicas — Sello de la Jefatura de Obras Públicas — Murcia

FILIACIÓN DEL TITULAR

Nombre Pedro José
Apellidos Vazquez Planas
Nacionalidad Española
Domicilio Cartagena
Lugar de nacimiento Hospitalet de Llobregat (Barcelona)
Fecha de nacimiento 1 de Julio de 1910
Profesión

Sello de la Autoridad

Hechos merecedores de encomio o castigo, realizados por el titular

Sello de la Autoridad

MINISTERIO DE LA GUERRA
COMITÉ NACIONAL DE AUTOTRANSPORTE
SUBDELEGACION DE CARTAGENA

El Compañero Pedro José Vazquez Planas de la U. G. T. carnet sindical núm. 439 y de conducir núm. 5470 queda nombrado, en uso de las facultades que nos competen, y de acuerdo con el Decreto del Ministerio de la Guerra del 28 de Septiembre último, AGENTE DE LA BRIGADA DE MILICIAS DEL TRANSPORTE, y autorizado para usar armas, debiéndosele respetar y auxiliar en todo momento.

Cartagena 16 de [illegible] de 1937

V.º B.º
El Presidente.

El Secretario.

Ministerio de la Guerra

COMITE NACIONAL
DE
AUTOTRANSPORTE

SUBDELEGACION DE CARTAGENA

BRIGADAS DE MILICIAS DEL TRANSPORTE

Pueblo Sta Lucia

Provincia Murcia

Federación F. del Transporte

Título de la Sociedad La Unión

Socio número 439

Nombre y apellidos Pedro Vazquez Plazas

Profesión Chofer

Categoría —

Fecha del ingreso 15-1-37

El presidente, El secretario,

UNIÓN
Sociedad de Conductores de Automóviles y Similares

Esta libreta carece de valor si el asociado no está al corriente en el pago de sus cuotas.

Informes de conducta

Sello de la Autoridad
Sello de la Autoridad
GRÁFICAS RUIZ FERRY, ABASCAL, 86.—MADRID

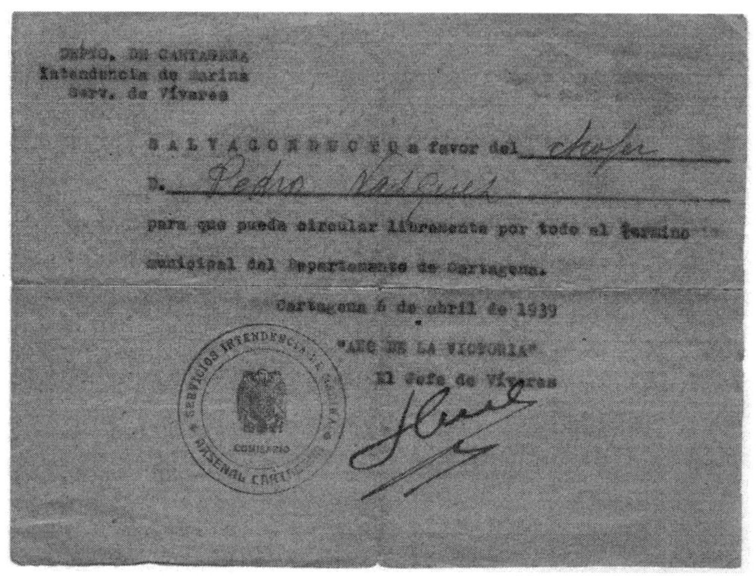

DEPTO. DE CARTAGENA
Intendencia de Marina
Serv. de Víveres

SALVACONDUCTO a favor del chofer

D. Pedro Vazquez

para que pueda circular libremente por todo el término municipal del Departamento de Cartagena.

Cartagena 6 de abril de 1939

"AÑO DE LA VICTORIA"

El Jefe de Víveres

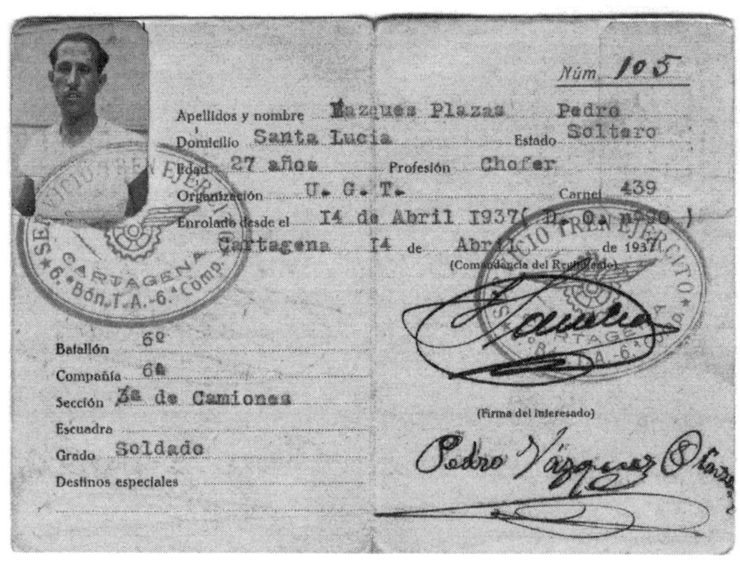

Núm. 105

Apellidos y nombre Vazques Plazas Pedro

Domicilio Santa Lucia Estado Soltero

Edad 27 años Profesión Chofer

Organización U. G. T. Carnet 439

Enrolado desde el 14 de Abril 1937 (D. O. nº ...)

Cartagena 14 de Abril de 1937

(Comandancia del Regimiento)

SERVICIO TREN EJÉRCITO
CARTAGENA
6.º Bón. T. A. - 6.ª Comp.

Batallón 6º

Compañía 6ª

Sección 2ª de Camiones

Escuadra

Grado Soldado

Destinos especiales

(Firma del interesado)

Pedro Vázquez Plazas

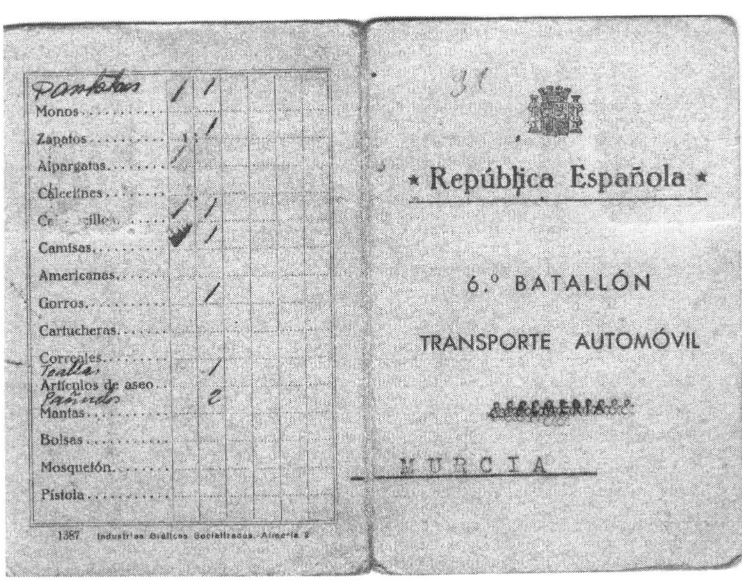

Pantalon | 1 | 1
Monos
Zapatos | | 1
Alpargatas | 1
Calcetines
Calzoncillos | 1 | 1
Camisas | | 1
Americanas
Gorros | | 1
Cartucheras
Correajes
Toalla | | 1
Artículos de aseo
Pañuelos | | 2
Mantas
Bolsas
Mosquetón
Pistola

1387 Industrias Gráficas Socializadas. Almería 2

38

★ República Española ★

6.º BATALLÓN

TRANSPORTE AUTOMÓVIL

MURCIA

38

★ República Española ★

6.º BATALLÓN

TRANSPORTE AUTOMÓVIL

MURCIA

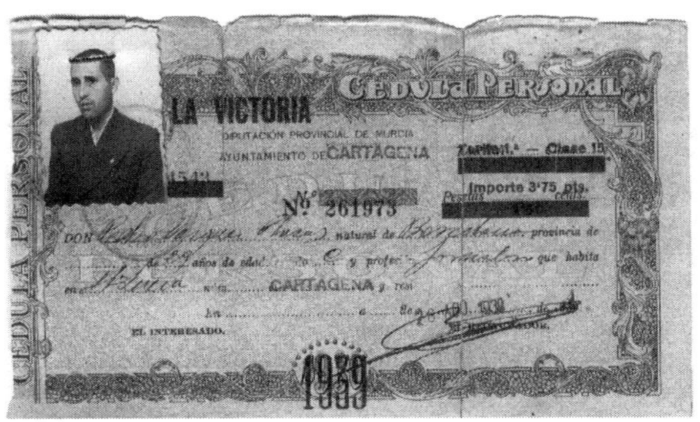

CÉDULA PERSONAL

LA VICTORIA

DIPUTACIÓN PROVINCIAL DE MURCIA

AYUNTAMIENTO DE CARTAGENA

Tarifa 1.ª — Clase 15

Importe 3'75 pts.

Nº 261973

DON .... natural de .... provincia de .... de ... años de edad .... y profesión .... que habita en .... núm. ...... CARTAGENA y en ....

En .... a ....

EL INTERESADO.

1939

09 CÉDULA PERSONAL Núm.
Diputación provincial de Murcia
Ayuntamiento de CARTAGENA
Año 1939
CLASE 13.ª PESETAS UNA
Tarifa 1.ª 3.ª
Don natural de CARTAGENA
provincia de de años de edad, estado C , profesión habita en CARTAGENA 28 AGO. 1939 y reside habitualmente en
Año de la Victoria Nº 235391
El Interesado
15

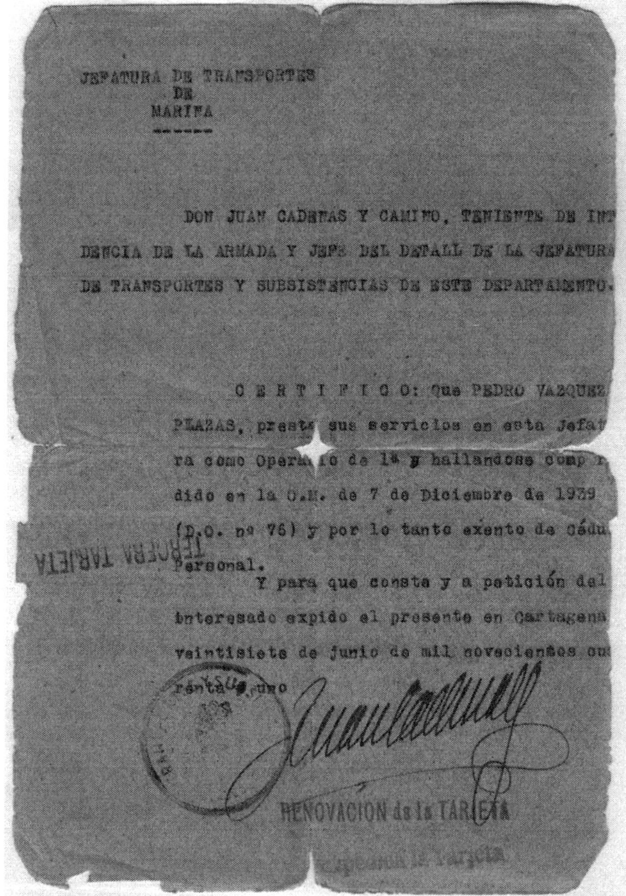
JEFATURA DE TRANSPORTES
DE
MARINA

DON JUAN CADENAS Y CAMINO, TENIENTE DE INTENDENCIA DE LA ARMADA Y JEFE DEL DETALL DE LA JEFATURA DE TRANSPORTES Y SUBSISTENCIAS DE ESTE DEPARTAMENTO.

CERTIFICO: Que PEDRO VAZQUEZ PLAZAS, presta sus servicios en esta Jefatura como Operario de 1ª y hallandose comprendido en la O.M. de 7 de Diciembre de 1939 (D.O. nº 76) y por lo tanto exento de Cédula Personal.

Y para que conste y a petición del interesado expido el presente en Cartagena veintisiete de junio de mil novecientos cuarenta y uno

TERCERA TARJETA
RENOVACION de la TARJETA

Vicisitudes importantes durante su servicio militar

Hijo de ... y de ...
Natural de ...
Provincia de ...
Procedente de ...
Oficio ...

EJÉRCITO ESPAÑOL

FUERZAS MILITARES DE MARRUECOS

Ficha de identidad del

de la

Compañía de Mar de Melilla

Expedida en Melilla
a ... de ... de 193...

El Teniente Jefe,

Serie A, núm.

Documentos del consejo de guerra. La instrucción del Consejo de Guerra contra Víctor Paredes Saura (consta de 99 documentos)

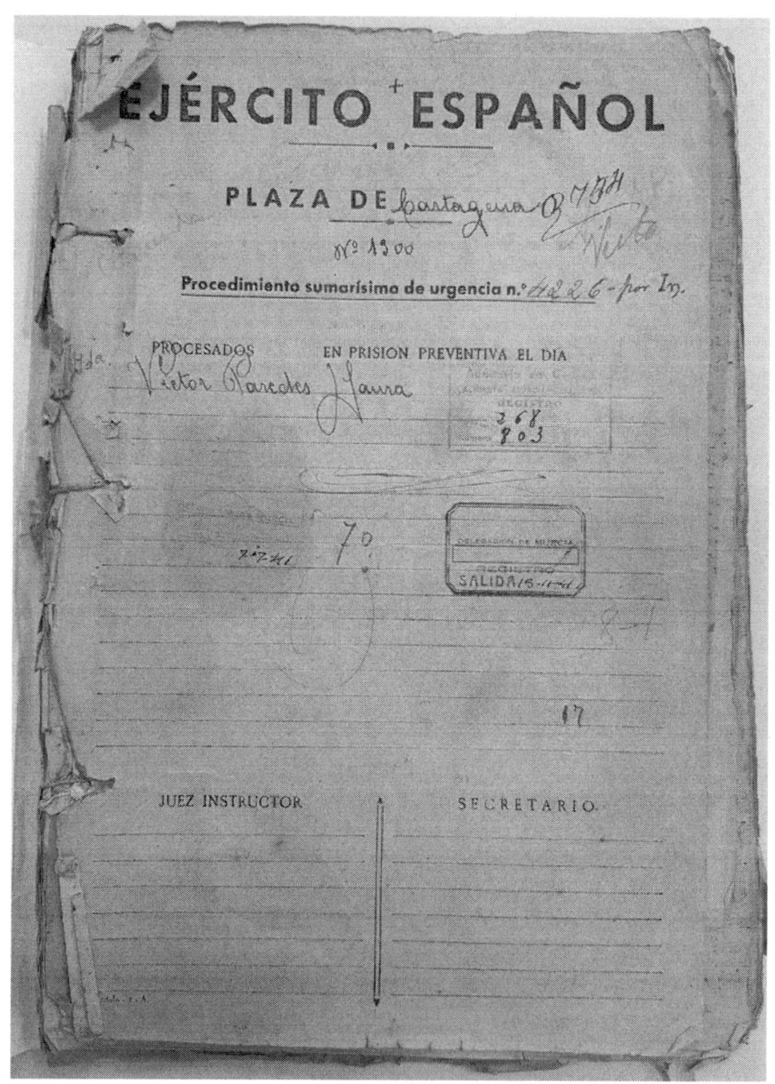

EJÉRCITO ESPAÑOL

PLAZA DE

Procedimiento sumarísimo de urgencia n.º

PROCESADOS

EN PRISION PREVENTIVA EL DIA

JUEZ INSTRUCTOR

SECRETARIO

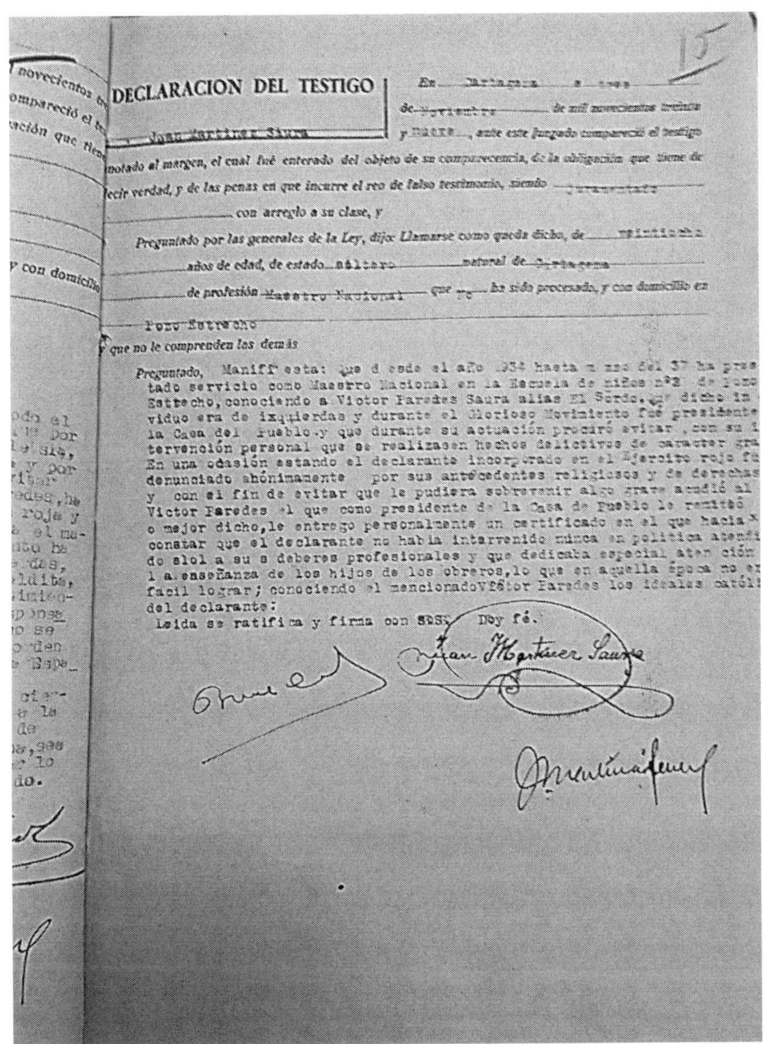

15

DECLARACION DEL TESTIGO

Juan Martinez Saura

En Cartagena a trece de Noviembre de mil novecientos treinta y nueve, ante este Juzgado compareció el testigo anotado al margen, el cual fué enterado del objeto de su comparecencia, de la obligación que tiene de decir verdad, y de las penas en que incurre el reo de falso testimonio, siendo juramentado con arreglo a su clase, y

Preguntado por las generales de la Ley, dijo: Llamarse como queda dicho, de veintinueve años de edad, de estado soltero natural de Cartagena de profesión Maestro Nacional que no ha sido procesado, y con domicilio en Pozo Estrecho y que no le comprenden las demás

Preguntado, Maniff esta: que desde el año 1934 hasta el año del 37 ha prestado servicio como Maestro Nacional en la Escuela de niños nº2 de Pozo Estrecho, conociendo a Victor Paredes Saura alias El Sordo, que dicho individuo era de izquierdas y durante el Glorioso Movimiento fué presidente de la Casa del Pueblo, y que durante su actuación procuró evitar, con su intervención personal que se realizasen hechos delictivos de caracter gra[illegible] En una ocasión estando el declarante incorporado en el Ejercito rojo fu[illegible] denunciado anónimamente por sus antecedentes religiosos y de derechas y con el fin de evitar que le pudiera sobrevenir algo grave acudió al Victor Paredes el que como presidente de la Casa de Pueblo le remitió o mejor dicho, le entrego personalmente un certificado en el que hacia constar que el declarante no habia intervenido nunca en politica atendiendo slol a su s deberes profesionales y que dedicaba especial aten ción l a enseñanza de los hijos de los obreros, lo que en aquella época no er[illegible] facil lograr; conociendo el mencionado Victor Paredes los ideales católi[illegible] del declarante:

Leida se ratifica y firma con SSª. Doy fé.

DECLARACION DEL TESTIGO

Leoncio Inglés Ros

En Cartagena *a* diez y seis *de* Noviembre *de mil novecientos treinta y* nueve, *ante este Juzgado compareció el testigo anotado al margen, el cual fué enterado del objeto de su comparecencia, de la obligación que tiene de decir verdad, y de las penas en que incurre el reo de falso testimonio, siendo* juramentado *con arreglo a su clase, y*

Preguntado por las generales de la Ley, dijo: Llamarse como queda dicho, de cuarenta y siete *años de edad, de estado* casado *natural de* Cartagena *de profesión* carabinero e I.M. *que* no *ha sido procesado, y con domicilio en* Duque 8 4º *y que no le comprenden las demás*

Preguntado, convenientemente manifiesta: que el declarante por significación de derechista y afección al Glorioso Movimiento, dio lugar a que en esta Plaza fuese perseguido y entonces marchó a Pozo Estrecho de este Término Municipal, allí conoció a Victor Paredes Saura, el cual era presidente de la casa del pueblo, y que conociendo este el ideal del declarante y el lugar donde se reunian las personas, que eran afectas al Glorioso Movimiento, dicho Paredes Saura, nunca les molestó, aunque mas bien lo que hizo fúe el ayudar en todo lo posible a ellos,
En cuantas ocasiones fueron objetos de denuncia el declarante y otras personas mas del pueblo, el Paredes destruia dichas denuncias ; porque serian Fascistas, pero que como era personas de orden no se les podia hacer ese atropello, segun manifestaba dicho Paredes.

Leida se ratifica y firma con SSª doy fe.

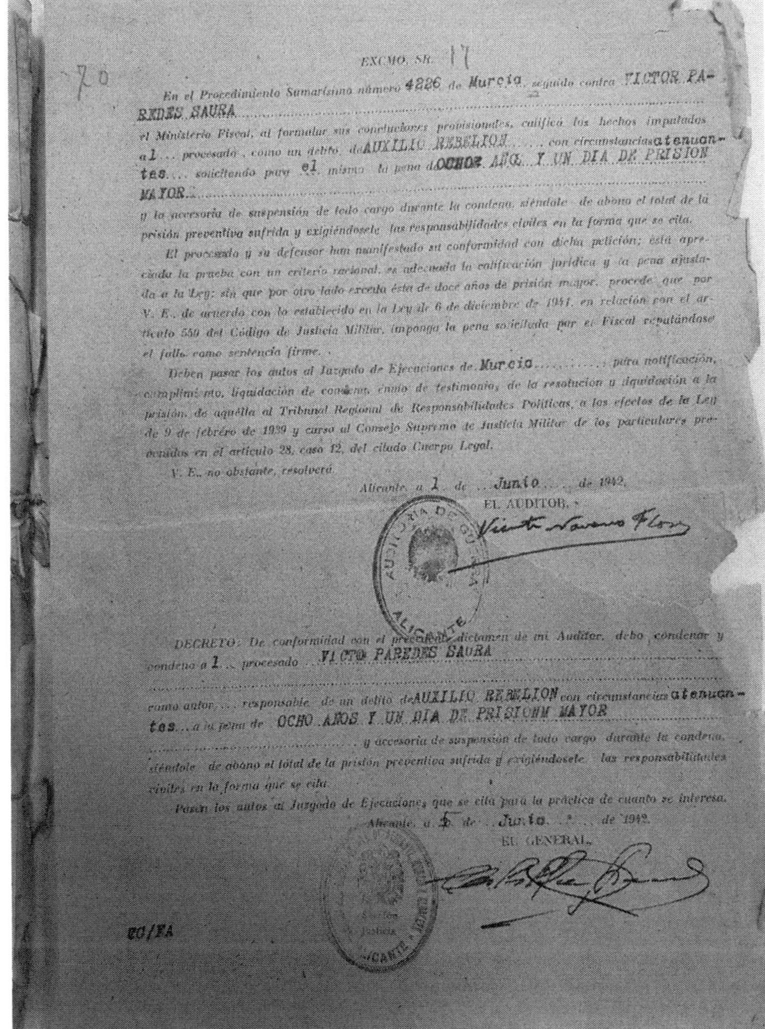

70

EXCMO. SR. 17

En el Procedimiento Sumarísimo número 4226 de Murcia, seguido contra VICTOR PAREDES SAURA ....
el Ministerio Fiscal, al formular sus conclusiones provisionales, calificó los hechos imputados
al ... procesado, como un delito de AUXILIO REBELION ..... con circunstancias atenuantes ... solicitando para el mismo la pena de OCHO AÑO Y UN DIA DE PRISION
MAYOR ....
y la accesoria de suspensión de todo cargo durante la condena, siéndole de abono el total de la prisión preventiva sufrida y exigiéndosele las responsabilidades civiles en la forma que se cita.

El procesado y su defensor han manifestado su conformidad con dicha petición; ésta apreciada la prueba con un criterio racional, es adecuada la calificación jurídica y la pena ajustada a la Ley; sin que por otro lado exceda ésta de doce años de prisión mayor, procede que por V. E., de acuerdo con lo establecido en la Ley de 6 de diciembre de 1941, en relación con el artículo 550 del Código de Justicia Militar, imponga la pena solicitada por el Fiscal reputándose el fallo como sentencia firme.

Deben pasar los autos al Juzgado de Ejecuciones de Murcia .... para notificación, cumplimiento, liquidación de condena, envío de testimonio, de la resolución y liquidación a la prisión, de aquélla al Tribunal Regional de Responsabilidades Políticas, a los efectos de la Ley de 9 de febrero de 1939 y curso al Consejo Supremo de Justicia Militar de los particulares previstos en el artículo 28, caso 12, del citado Cuerpo Legal.

V. E., no obstante, resolverá.

Alicante, a 1 de ... Junio ... de 1942.

EL AUDITOR,

AUDITORIA DE GUERRA ALICANTE

DECRETO: De conformidad con el precedente dictamen de mi Auditor, debo condenar y condeno a l... procesado VICTO PAREDES SAURA ....
como autor ... responsable de un delito de AUXILIO REBELION con circunstancias atenuantes ... a la pena de OCHO AÑOS Y UN DIA DE PRISIONM MAYOR .... y accesoria de suspensión de todo cargo durante la condena, siéndole de abono el total de la prisión preventiva sufrida y exigiéndosele las responsabilidades civiles en la forma que se cita.

Pasen los autos al Juzgado de Ejecuciones que se cita para la práctica de cuanto se interesa.

Alicante, a 5 de ... Junio ... de 1942.

EL GENERAL,

CO/FA

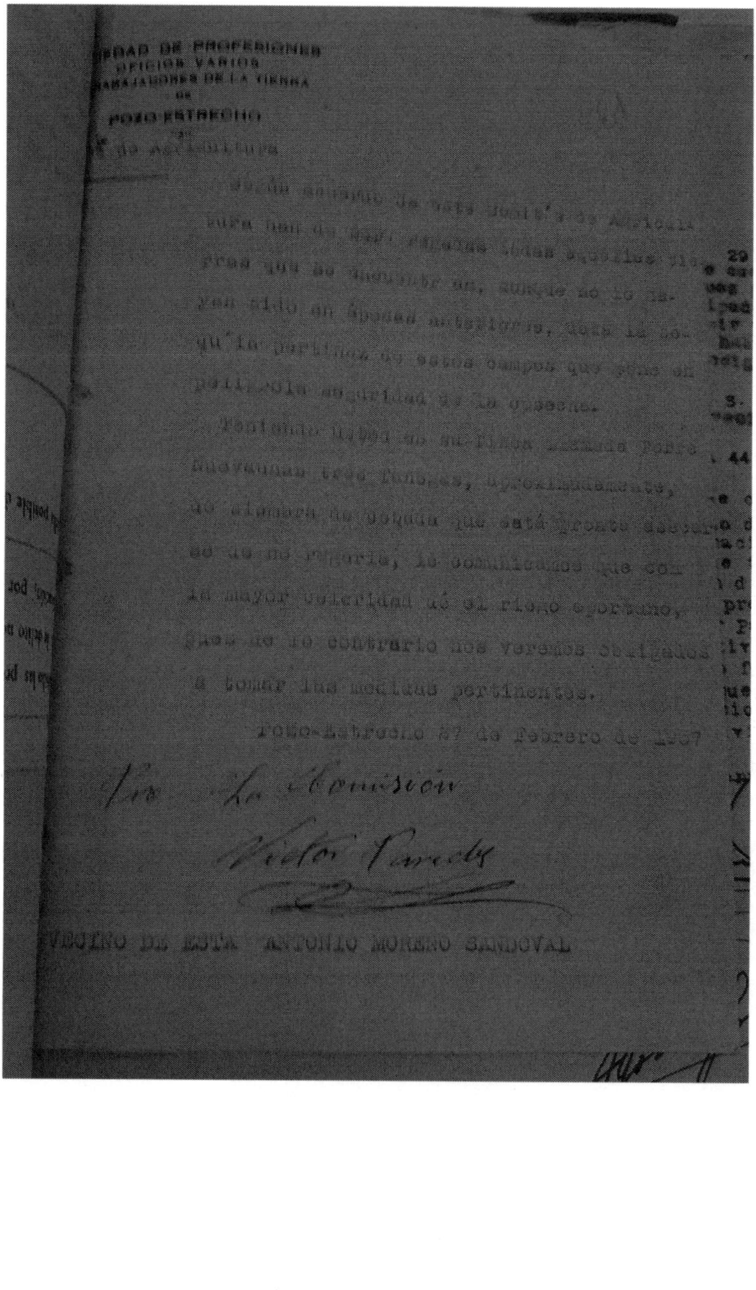

[illegible]DAD DE PROFESIONES
OFICIOS VARIOS
TRABAJADORES DE LA TIERRA
DE
POZO ESTRECHO

[illegible] de Agricultura

[illegible] de esta Junta de Agricul[illegible] [illegible] que se encuentr[illegible], aunque no lo ha[illegible] yan sido en épocas anteriores, dada la co[illegible] qu'la [illegible] de estos campos que pone en peligro la seguridad de la cosecha.

Teniendo [illegible] en su finca [illegible] Nuevas tres fanegas, aproximadamente, de siembra de cebada que está pronto a [illegible] se de no regarla, le comunicamos que con la mayor celeridad dé el riego oportuno, pues de lo contrario nos veremos obligados a tomar las medidas pertinentes.

Pozo-Estrecho 27 de Febrero de 1937

Por La Comisión

[signature]

VECINO DE ESTA ANTONIO MORENO SANDOVAL

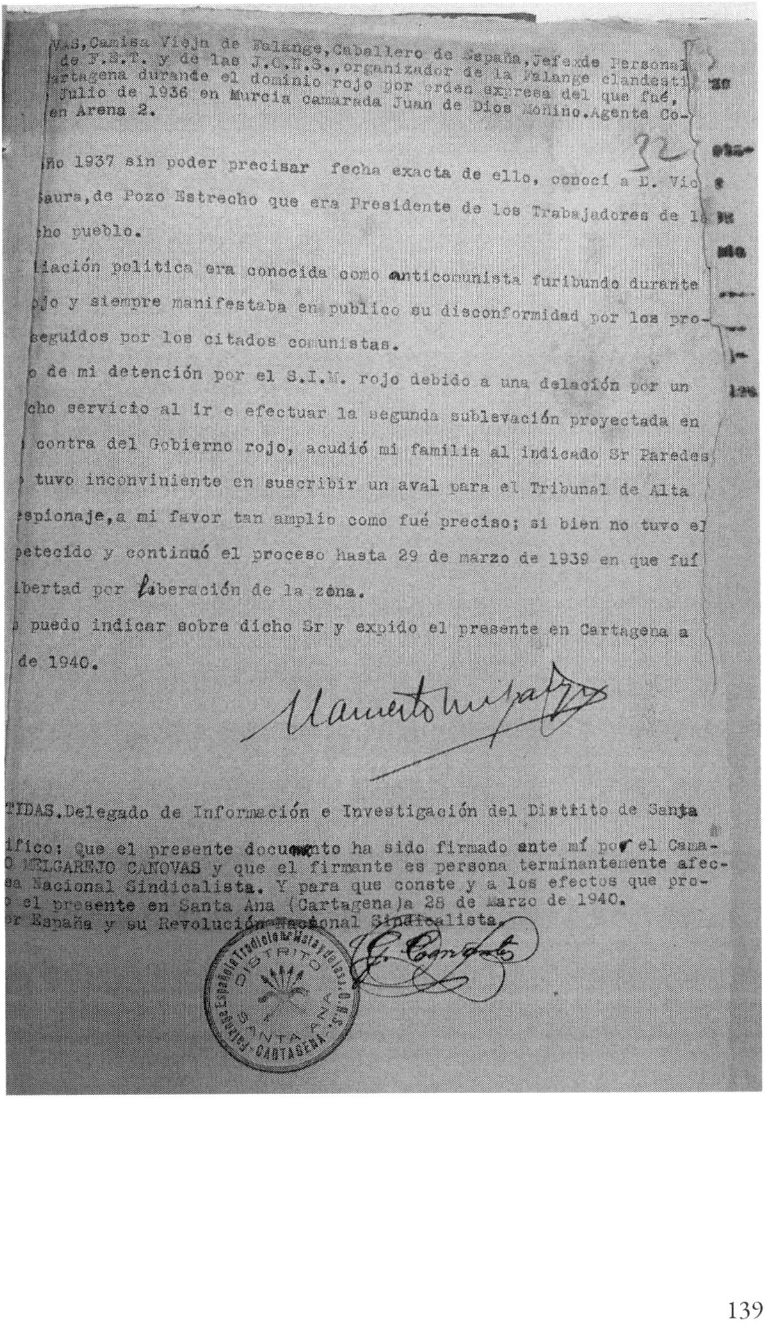

VAS, Camisa Vieja de Falange, Caballero de España, Jefexde Personal de F.E.T. y de las J.O.N.S., organizador de la Falange clandesti[illegible] artagena durante el dominio rojo por orden expresa del que fué, Julio de 1936 en Murcia camarada Juan de Dios Moñino. Agente Co- en Arena 2.

32

ño 1937 sin poder precisar fecha exacta de ello, conocí a D. Vic aura, de Pozo Estrecho que era Presidente de los Trabajadores de la ho pueblo.

iación politica era conocida como anticomunista furibundo durante ojo y siempre manifestaba en publico su disconformidad por los pro- seguidos por los citados comunistas.

o de mi detención por el S.I.M. rojo debido a una delación por un cho servicio al ir a efectuar la segunda sublevación proyectada en contra del Gobierno rojo, acudió mi familia al indicado Sr Paredes tuvo inconviniente en suscribir un aval para el Tribunal de Alta spionaje, a mi favor tan amplio como fué preciso; si bien no tuvo el petecido y continuó el proceso hasta 29 de marzo de 1939 en que fuí ibertad por liberación de la zona.

puedo indicar sobre dicho Sr y expido el presente en Cartagena a de 1940.

Manuel Melgarejo

TIDAS. Delegado de Información e Investigación del Distrito de Santa

ifico: Que el presente documento ha sido firmado ante mí por el Cama- O MELGAREJO CANOVAS y que el firmante es persona terminantemente afec- sa Nacional Sindicalista. Y para que conste y a los efectos que pro- o el presente en Santa Ana (Cartagena) a 28 de Marzo de 1940. r España y su Revolución Nacional Sindicalista.

Falange Española Tradicionalista y de las J.O.N.S. DISTRITO SANTA ANA CARTAGENA

G. Cánovas

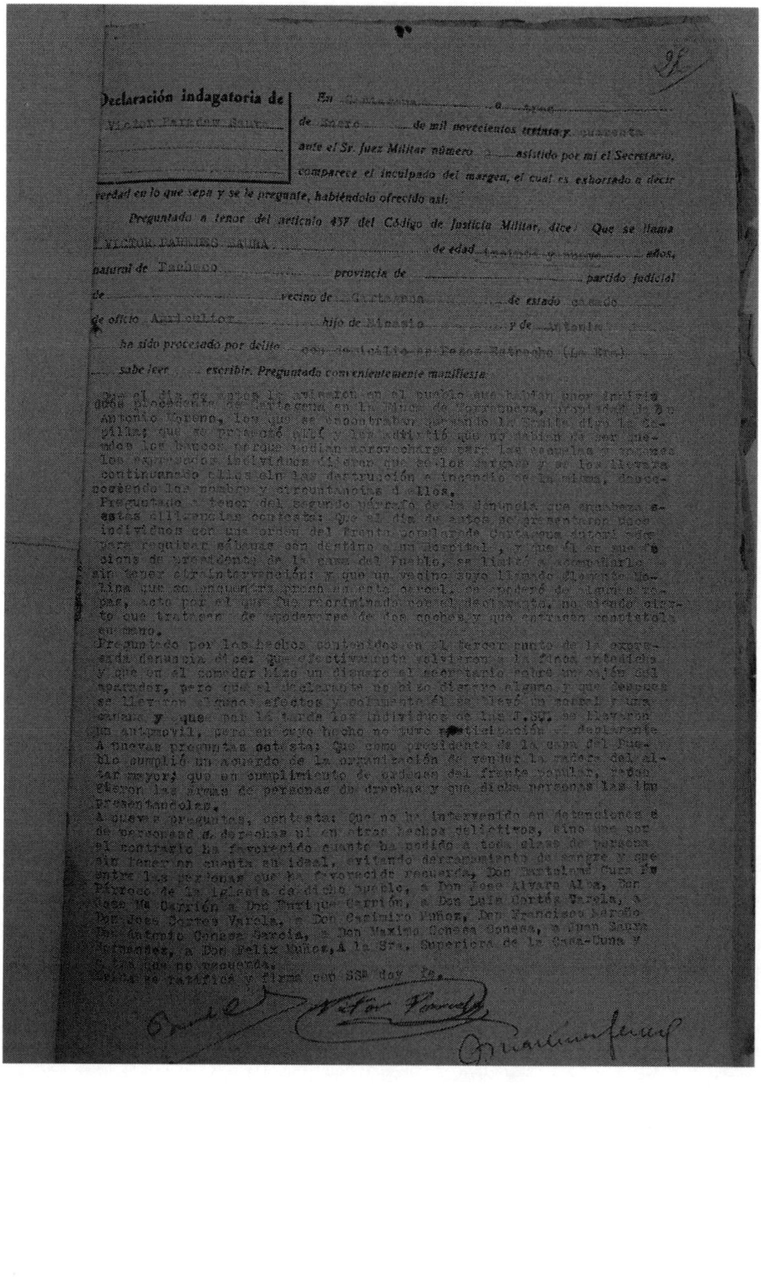

Declaración indagatoria de Victor Parreño Saura

En [illegible] *a* [illegible] *de* Enero *de mil novecientos treinta y* cuarenta *ante el Sr. Juez Militar número* [illegible] *asistido por mí el Secretario, comparece el inculpado del margen, el cual es exhortado a decir verdad en lo que sepa y se le pregunte, habiéndolo ofrecido así:*

Preguntado a tenor del artículo 437 del Código de Justicia Militar, dice: Que se llama VICTOR PARREÑO SAURA *de edad* [illegible] *años, natural de* [illegible] *provincia de* [illegible] *partido judicial de* [illegible] *vecino de* Cartagena *de estado* casado *de oficio* Agricultor *hijo de* [illegible] *y de* Antonia [illegible] *ha sido procesado por delito* con domicilio en [illegible] (La [illegible]) *sabe leer* [illegible] *escribir. Preguntado convenientemente manifiesta:*

Que el día de autos [illegible] en el pueblo [illegible] unos individuos procedentes de Cartagena en la finca de [illegible], propiedad de Don Antonio Moreno, los que se encontraban [illegible] la [illegible] de la capilla; que se presentó allí y les advirtió que no habían de ser quemados los bancos porque podían aprovecharse para las escuelas [illegible] los expresados individuos dijeron que se los [illegible] y se los llevara continuando ellos en la destrucción e incendio de la misma, desconociendo los nombres y circunstancias de ellos.

Preguntado a tenor del segundo párrafo de la denuncia que encabeza estas diligencias contesta: Que el día de autos se presentaron unos individuos con una orden del Frente Popular de Cartagena [illegible] para requisar sábanas con destino a un Hospital, y que él en [illegible] de presidente de la Casa del Pueblo, se limitó a acompañarlo sin tener otra intervención; y que un vecino suyo llamado [illegible] Molina que se encuentra preso en esta cárcel, se apoderó de algunas ropas, acto por el que fue recriminado por el declarante, no siendo cierto que tratasen de apoderarse de dos coches y que [illegible] en mano.

Preguntado por los hechos contenidos en el tercer punto de la expresada denuncia dice: Que efectivamente volvieron a la finca antedicha y que en el comedor hizo un disparo el secretario sobre un cajón del aparador, pero que el declarante no hizo disparo alguno, y que después se llevaron algunos efectos y solamente él se llevó un [illegible] y una [illegible] y que por la tarde los individuos de las J.SU. se llevaron un automóvil, pero en cuyo hecho no tuvo participación el declarante.

A nuevas preguntas contesta: Que como presidente de la Casa del Pueblo cumplió un acuerdo de la organización de vender la madera del altar mayor; que en cumplimiento de órdenes del frente popular, [illegible] las armas de personas de derechas y que dichas personas las [illegible] presentándolas.

A nuevas preguntas, contesta: Que no ha intervenido en detenciones de personas de derechas ni en otros hechos delictivos, sino que por el contrario ha favorecido cuanto ha podido a toda clase de personas sin tener en cuenta su ideal, evitando derramamiento de sangre y que entre las personas que ha favorecido recuerda, Don Bartolomé [illegible] Cura Párroco de la Iglesia de dicho pueblo, a Don José Alvaro Alba, Don José Mª Carrión a Don Enrique Carrión, a Don Luis Cortés Varela, a Don José Cortes Varela, a Don Casimiro Muñoz, Don Francisco [illegible] Don Antonio Conesa García, a Don Maximo Conesa Conesa, a Juan Saura [illegible], a Don Felix Muñoz, A la Sra. Superiora de la Casa-Cuna y [illegible] que no recuerda.

[illegible] se ratifica y firma con SSª doy fe.

de Noviembre de mil novecientos treinta

Sor Josefina Pescador y nueve, ante este Juzgado compareció el testigo notado al margen, el cual fué enterado del objeto de su comparecencia, de la obligación que tiene de decir verdad, y de las penas en que incurre el reo de falso testimonio, siendo juramentado con arreglo a su clase, y

Preguntado por las generales de la Ley, dijo: Llamarse como queda dicho, de cincuenta y ocho años de edad, de estado Religiosa natural de Barcelona de profesión que no ha sido procesado, y con domicilio en Casa de Expósitos y que no le comprenden las demás.

Preguntado convenientemente manifiesta: Que es Superiora de la Casa de Expósitos y teniendo conocimiento que se sigue procedimiento contra Victor Paredes Saura, comparece ante el Juzgado, para manifiestar cuanto sabe sobre la actuación de dicho individuo, al que conoce desde Julio de mil novecientos treinta y ocho, en que la declarante con las demas hermanas que prestaban servicio en la referida casa de Expósitos, se refugió en el casería de Pozo Estrecho de este término. Que Victor Paredes era Presidente de la casa del Pueblo de dicho lugar, y como tal se presentó a la declarante ofreciendose para cuanto necesitara visita que se repitió varias veces prestando algunos auxilios proporcionandoles víveres. Que en una ocasión en que la declarante llendo al Pueblo fué sorprendida por un temporal de agua, Victor Paredes y su esposa, la recogieron en su casa, y despues en un coche que buscaron la llevaron al domicilio de la que habla. Que la declarante, solo ha oido hablar bien de Victor Paredes sabiendo por referencias que evitó el asesinato y detención de varias personas del Pueblo, y que al liberarse esta Plaza, el individuo de referencia visitó a la que habla pidiendole consejo sobre que hacia, pues estaban saliendo varios dirigentes para el extrangero, diciendole aquel que el tenia la conciencia tranquila, pues solo habia hecho bien, y como esto le constaba a la declarante, aconsejó al Victor Paredes que no debía marcharse, pues teniendo en cuenta su actuación, no le ocurriria cosa grave.

Leida se ratifica y firma con S.Sa doy fé.

Sor Josefina Pescador

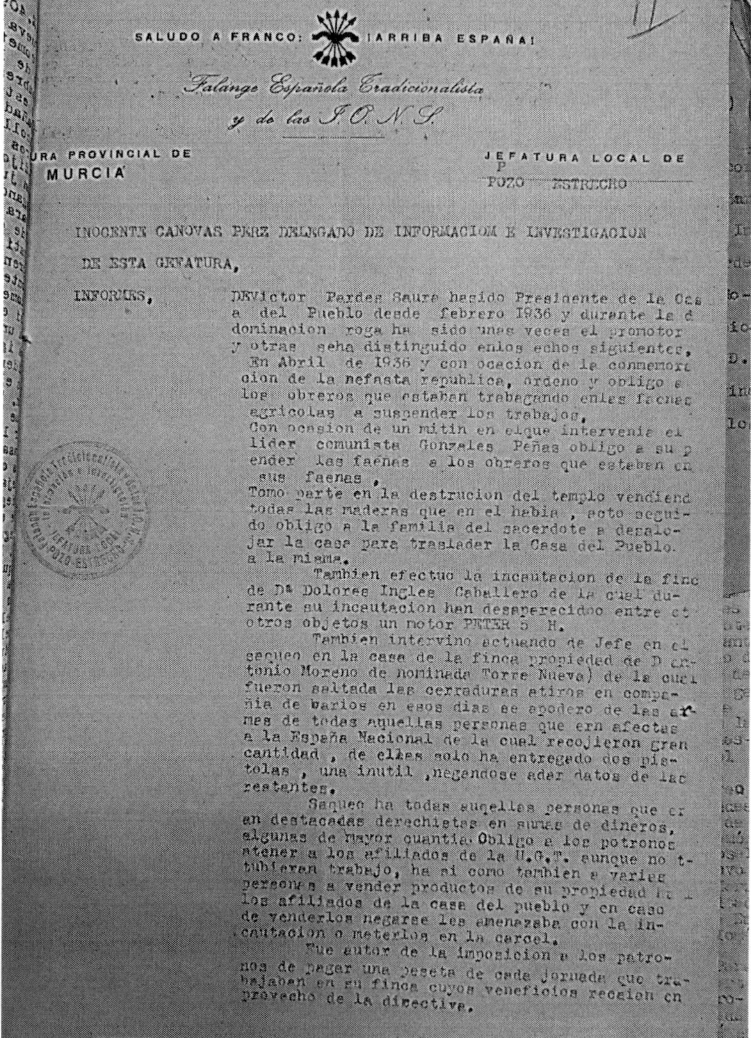

SALUDO A FRANCO: ¡ARRIBA ESPAÑA!

Falange Española Tradicionalista
y de las J.O.N.S.

[JEFAT]URA PROVINCIAL DE
MURCIA

JEFATURA LOCAL DE
POZO ESTRECHO

INOCENTE CANOVAS PERZ DELEGADO DE INFORMACIOM E INVESTIGACION
DE ESTA GEFATURA,

INFORMES,

DEVictor Pardes Saure hesido Presidente de la Cas
a del Pueblo desde febrero 1936 y durante la d
dominacion roga ha sido unas veces el promotor
y otras seha distinguido enlos echos siguientes,
En Abril de 1936 y con ocacion de la conmemora
cion de la nefasta republica, ordeno y obligo a
los obreros que estaban trabagando enlas faenas
agricolas a suspender los trabajos,
Con ocasion de un mitin en elque intervenia el
lider comunista Gonzales Peñas obligo a su p
ender las faenas a los obreros que esteban en
sus faenas ,
Tomo parte en la destrucion del templo vendiend
todas las maderas que en el habia , acto seguido obligo a la familia del sacerdote a desalojar la casa para trasladar la Casa del Pueblo.
a la misma.

Tambien efectuo la incautacion de la finc
de Dª Dolores Ingles Caballero de la cual durante su incautacion han desaparecidoo entre ot
otros objetos un motor PETER 5 H.

Tambien intervino actuando de Jefe en el
saqueo en la casa de la finca propiedad de D Antonio Moreno de nominada Torre Nueva) de la cual
fueron saltada las cerraduras atiros en compa-
ñia de barios en esos dias se apodero de las armas de todas aquellas personas que ern afectas
a la España Nacional de la cual recojieron gran
cantidad , de ellas solo ha entregado dos pistolas , una inutil ,negandose adar datos de las
restantes.

Saqueo ha todas auquellas personas que er
an destacadas derechistas en sumas de dineros,
algunas de mayor cuantia. Obligo a los potronos
atener a los afiliados de la U.G.T. aunque no t-
tubieran trabajo, ha si como tambien a varias
personas a vender productos de su propiedad a
los afiliados de la casa del pueblo y en caso
de venderlos negarse les amenazaba con la incautacion o meterlos en la carcel.

Fue autor de la imposicion a los patronos de pagar una peseta de cada jornada que tra-
bajaban en su finca cuyos veneficios recaian en
provecho de la directiva.

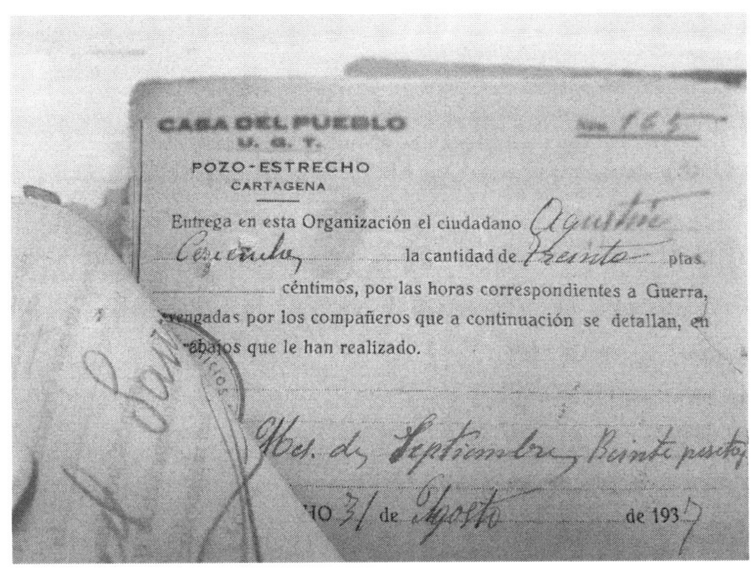

CASA DEL PUEBLO
U. G. T.
POZO-ESTRECHO
CARTAGENA

Nº 165

Entrega en esta Organización el ciudadano Agustín Cerezuela la cantidad de Treinta ptas. .... céntimos, por las horas correspondientes a Guerra, devengadas por los compañeros que a continuación se detallan, en trabajos que le han realizado.

Mes de Septiembre Veinte pesetas

...HO 31 de Agosto de 1937

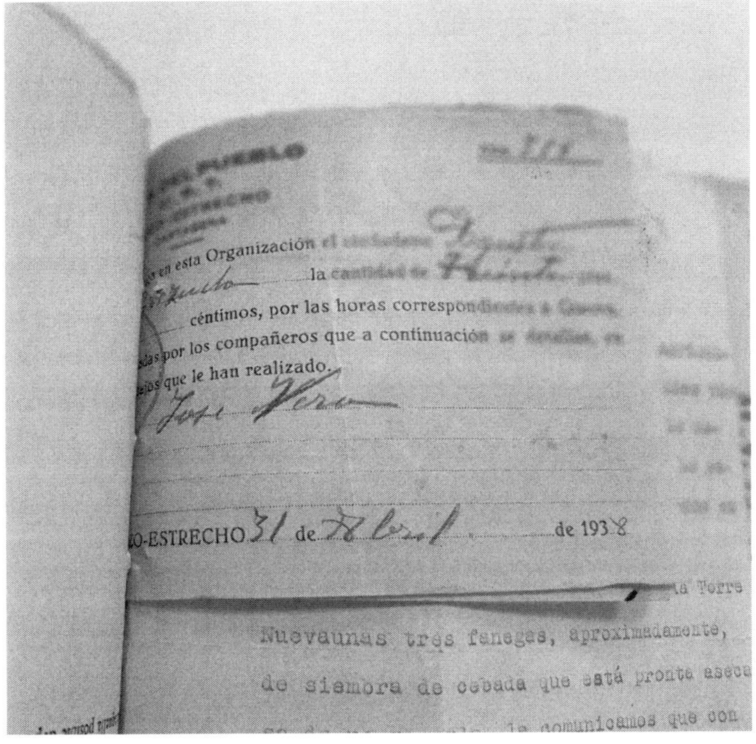

...DEL PUEBLO

...en esta Organización el ciudadano .... la cantidad de .... ptas. .... céntimos, por las horas correspondientes a Guerra, ...adas por los compañeros que a continuación se detallan, en ...jos que le han realizado.

José Vera

...O-ESTRECHO 31 de Abril de 1938

...a Torre
Nuevaunas tres fanegas, aproximadamente,
de siembra de cebada que está pronta a sec...
... le comunicamos que con

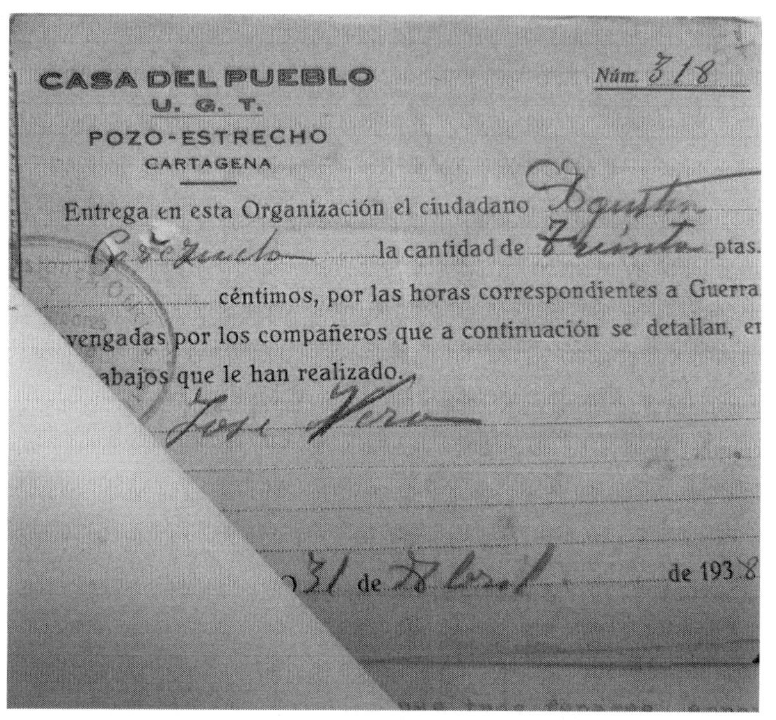

CASA DEL PUEBLO
U. G. T.
POZO-ESTRECHO
CARTAGENA

Núm. 318

Entrega en esta Organización el ciudadano ...... la cantidad de Treinta ptas.
...... céntimos, por las horas correspondientes a Guerra,
vengadas por los compañeros que a continuación se detallan, e
abajos que le han realizado.

...... 31 de Abril de 1938

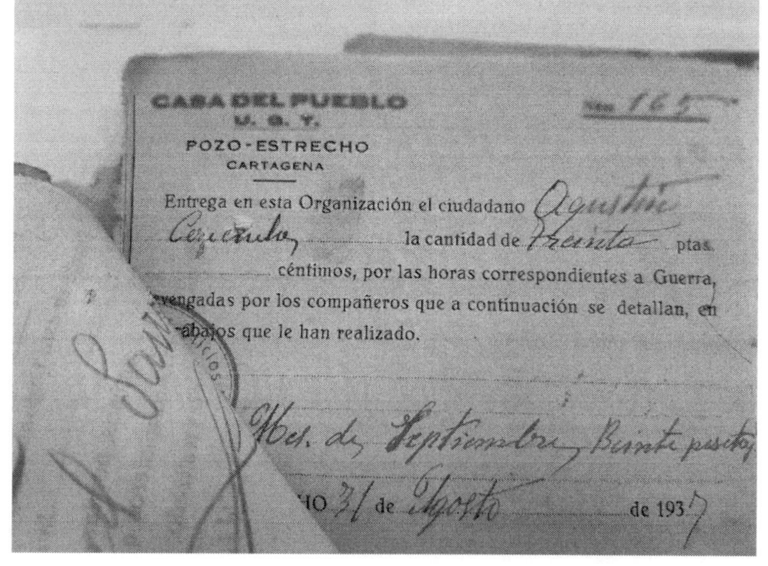

CASA DEL PUEBLO
U. G. T.
POZO-ESTRECHO
CARTAGENA

Núm. 165

Entrega en esta Organización el ciudadano Agustín ...... la cantidad de Treinta ptas.
...... céntimos, por las horas correspondientes a Guerra,
vengadas por los compañeros que a continuación se detallan, en
abajos que le han realizado.

Mes de Septiembre Beinte pesetas

...HO 31 de Agosto de 1937

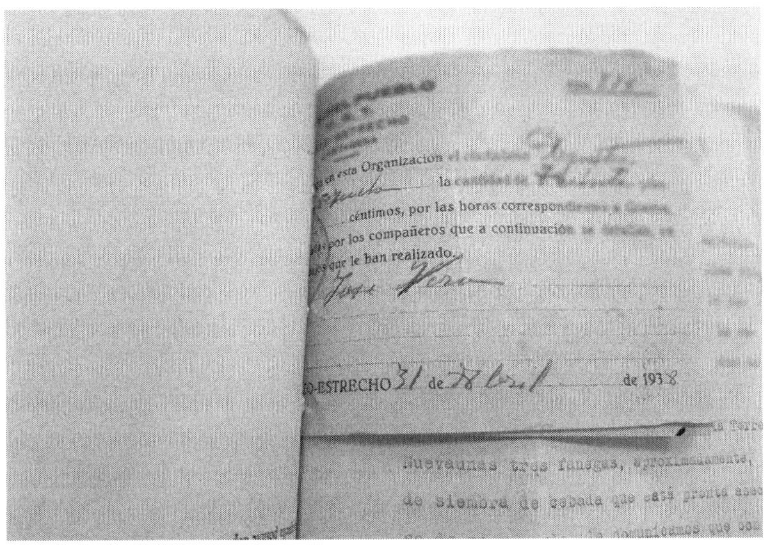

...en esta Organización el ciudadano ...
... la cantidad de ... ptas
... céntimos, por las horas correspondientes a Guerra
... por los compañeros que a continuación se detallan, ...
... que le han realizado.

...-ESTRECHO 31 de Abril de 1938

...Nuevaunas tres fanegas, aproximadamente,
de siembra de cebada que está pronta ...

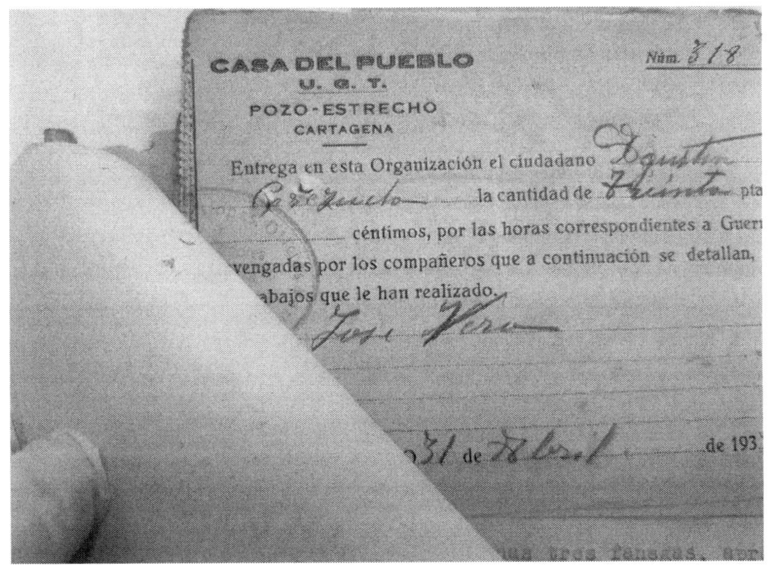

CASA DEL PUEBLO
U. G. T.
POZO-ESTRECHO
CARTAGENA

Núm. 318

Entrega en esta Organización el ciudadano ...
... la cantidad de ... pta...
... céntimos, por las horas correspondientes a Guerr...
vengadas por los compañeros que a continuación se detallan,
...abajos que le han realizado.

... 31 de Abril de 193...

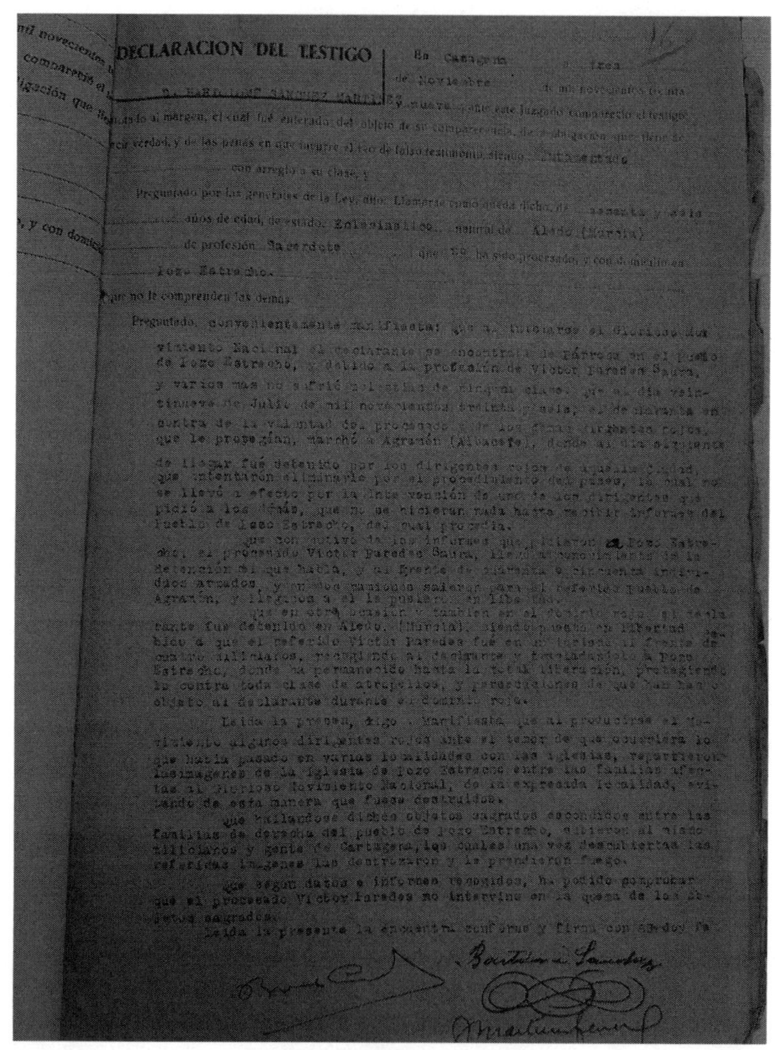

DECLARACION DEL TESTIGO

En Cartagena a tres de Noviembre de mil novecientos cuarenta y nueve, ante este Juzgado compareció el testigo D. [illegible] Sánchez Martínez, anotado al márgen, el cual fué enterado del objeto de su comparecencia, de la obligación que tiene de decir verdad, y de las penas en que incurre el reo de falso testimonio, siendo juramentado con arreglo a su clase, y

Preguntado por las generales de la Ley, dijo: Llamarse como queda dicho, de sesenta y seis años de edad, de estado Eclesiástico, natural de Aledo (Murcia) de profesión Sacerdote que no ha sido procesado, y con domicilio en Pozo Estrecho.

Que no le comprenden las demás.

Preguntado convenientemente manifiesta: que al iniciarse el Glorioso Movimiento Nacional el declarante se encontraba de párroco en el pueblo de Pozo Estrecho, y debido a la protección de Victor Paredes Saura, y varios mas no sufrió molestias de ninguna clase. que el día veintinueve de Julio de mil novecientos treinta y seis, el declarante en contra de la voluntad del procesado y de los demás dirigentes rojos, que le protegían, marchó a Agramón (Albacete), donde al día siguiente de llegar fué detenido por los dirigentes rojos de aquella localidad, que intentaron eliminarle por el procedimiento del paseo, lo cual no se llevó a efecto por la intervención de uno de los dirigentes que pidió a los demás, que no se hicieran nada hasta recibir informes del Pueblo de Pozo Estrecho, del cual procedía.

que con motivo de los informes que pidieron a Pozo Estrecho, el procesado Victor Paredes Saura, llegó a conocimiento de la detención del que habla, y al frente de cuarenta o cincuenta individuos armados, y en dos camiones salieron para el referido pueblo de Agramón, y llegados a el le pusieron en libertad.

que en otra ocasión y también en el dominio rojo, el declarante fué detenido en Aledo (Murcia), siendo puesto en libertad debido a que el referido Victor Paredes fué en su busca al frente de cuatro milicianos, recogiendo al declarante y trasladándolo a Pozo Estrecho, donde ha permanecido hasta la total liberación, protegiéndole contra toda clase de atropellos, y persecuciones de que han hecho objeto al declarante durante el dominio rojo.

Leida la presente, dijo: Manifiesta que al producirse el Movimiento algunos dirigentes rojos ante el temor de que ocurriera lo que había pasado en varias localidades con las iglesias, repartieron las imágenes de la Iglesia de Pozo Estrecho entre las familias afectas al Glorioso Movimiento Nacional, de la expresada localidad, evitando de esta manera que fuesen destruidos.

que hallándose dichos objetos sagrados escondidos entre las familias de derecha del pueblo de Pozo Estrecho, subieron al mismo milicianos y gente de Cartagena, los cuales una vez descubiertas las referidas imágenes las destrozaron y le prendieron fuego.

que según datos e informes recogidos, ha podido comprobar que el procesado Victor Paredes no intervino en la quema de los objetos sagrados.

Leida la presente la encuentra conforme y firma con S.S.ª doy fe.

...ón General de Seguridad

...RÍA DE INVESTIGACIÓN Y VIGILANCIA

CARTAGENA

2320

80

32

En contestacion a su atento escrito del 15 del pasado febrero. por el que interesa datos sobre la actuacion politi o-social de VICTOR PAREDES SAURA, hijo de Nicasion y de Antonia, de 39 años casado, con domicilio en Pozo Estrecho, tengo el honor de manifestarle que segun informes adquiridos por personal de esta Plantilla, es persona de izquierdas con anterioridad al Glorioso Movimiento Nacional. Fué Presidente de la Casa del Pueblo desde el mes de enero de 1.936, y [tachado] propagandista de la Causa roja y de sus fiestas, suspendiendo los trabajos para que pudiera la gente concurrir a las mismas. Parece ser que intervino en la destruccion de la Iglesia de Pozo Estrecho, así como en la incautacion de la casa de Doña DOLORES CABALLERO INGLES, y en la de ANTONIO MORENO, llamada "La Torre Nueva" recogiendo las armas a las personas de derechas y imponiendoles ciertas multas en concepto de donativos para refugios. En union del Secretario de la Casa del Pueblo VICTORIANO CONESA (a) EL PACOLLA, requisaron el grano que tenia para su consumo a JOAQUIN MARTINEZ, metiendole en la carcel. El citado SAURA, aunque parece ser que requisó la Casa Parroquial convirtiendola en Casa del Pueblo, libró al Sr. Cura Parroco del mismo de una muerte segura, cuando varios elementos de la F.A.I. se proponian darle el paseo, oponiendose pis-

Militar nº 2 de esta Plaza

OVIDENCIA

tola en mano a ello con gran peligro de
vida.-Protegió a bastantes personas de de
que eran perseguidas por elementos izquie
Dios guarde a V.muchos años.
Cartagena a 7 de marzo de 1.940
El Comisario Jefe

Alfonso Infante

Por
de par
al pro

OTA:

72

sé Balsalobre Bonot. alférez del Regimiento de
tillería nº 3 nombrado defensor del procesado Víc
Paredes Saura en el sumarísimo nº 4926 del
gado Militar de Cartagena, en cumplimiento de lo
puesto en el Art. 547 del C. de J. M. formula las
uientes conclusiones provisionales:

imera.- Esta Defensa no está conforme con las conclusiones del Sr. Fiscal.

gunda.- El procesado Víctor Paredes Saura al iniciarse
el Glorioso Movimiento Nacional ostentaba el car
go de Presidente de la Casa del Pueblo, desde
ese momento se dedicó a proteger a todas las
personas de derechas de Pozo-Estrecho, debido
a informes suyos fueron puestas en libertad
inmediatamente de detenidas, muchas personas de orden. según declaración del propio
D. Bartolomé Sánchez, Sacerdote del pueblo
le salvó varias veces la vida. habiéndolo
protegido hasta la liberación.

rcera.- Los hechos referidos, únicos en los que ha intervenido el procesado no son constitutivos de
delito.

uarta.- En el caso de que el Consejo estime como delictivos los hechos referidos, serán de apreciar, la
atenuante de escasa peligrosidad del art. 173
del Código de Justicia Militar.

uinta Procede por lo tanto absolver al procesado Víctor
Paredes Saura.
Esta Defensa renuncia a la práctica de nue-
vas diligencias de prueba.
Cartagena 2 de Diciembre de 1941
El Defensor
José Balsalobre Bonot

Placa dedicatoria homenaje

Cartagena
PLAZA DE
VÍCTOR PAREDES
SAURA
Presidente de la Casa del Pueblo de Pozo Estrecho entre
1936 y 1939.
Junio de 2022

Epílogo

A principios del siglo xx, en el campo de Pozo Estrecho, fueron construidas varias y grandes fincas

Torre Nueva (tiene forma de cruz)

Villa del Carmen

Torre Variola

El Caserón de los Pinos

Villa Antonia

Torre Antoñita

Solo tres fincas fueron objeto de alguna actividad reivindicativa

Torre Nueva: Fue asaltada y quemado los objetos religiosos

Casa Grande: En estado de abandono. Fue incautada y puesta en producción

Villa Antonia: ...

Jefatura local de Falange de Pozo Estrecho

Inocente Cánovas Pérez

Agentes de Falange local Pozo Estrecho

Pedro García Espín

Melgarejo Cánovas

Julio Cánovas

Marmeto

Testigos procesados

Antonio Carrión

José Carrión

Miguel Cela

José Pórtela

[...] Carmona

Clotildo Verdú

Luis Cortés Varela

Inocente Cánovas Pérez

Clemente Molina Ruiz (absuelto consejo de guerra)

José Álvaro Álvaro

Francisco Meroño Sánchez (8-5-1940)

Santiago Ros San Martín (1-6-1940)

Personas que constan en el sumario (que les salvó la vida)

D. Bartolomé Sánchez Martínez (cura)

D. José Álvaro Alba

D. José M.ª Carrión

D. Enrique Carrión

d. Luis Cortés Varela
D. José Cortés Varela (abogado)
D. Casimiro Muñoz Plazas (abogado)
D. Francisco Meroño
D. Antonio Conesa García
D. Máximo Conesa Conesa
D. Juan Saura Hernández
D. Félix Muñoz
Sor Josefina Pescador (madre superiora de la casa expósito)

Y otros que no recuerda..., pero que constan en declaraciones de testigos en su defensa, como D. Joaquín Pórtela de la Llera (teniente coronel) y otras personas que no fueron llamadas a declarar.

D. Ángel Morenillo Martínez Carrasco (abogado) en su declaración en el juicio sumarísimo declara: «El pueblo de Pozo Estrecho tuvo la suerte de tener un hombre como Víctor Paredes Saura como presidente de la Casa del Pueblo».

Que no conoce de este individuo por ciencia propia más que buenas acciones y deseo de evitar que dentro de la maldad general que caracterizó la época roja en el pueblo de Pozo Estrecho se produjeran la menos o ninguna, tanto en las personas como en las cosas. Convenciendo a los asociados que él presidía de las inconveniencias de todo extremismo.

A pesar de las dificultades, logró imponer su criterio y se opuso firmemente a que en su pueblo no hubiera ni la más mínima sospecha de corrimiento de sangre. Incluso defendía a las personas que no compartían su ideología. Sabiendo que, en cualquier momento, él mismo corría peligro de ser asesinado.

La posguerra fue la época marcada por de venganza. Los vencedores se ensañaron con los vencidos, imponiendo a los vencidos años de represión y fusilamientos.

Agradecimientos

En primer lugar, a Antonio Paredes Giménez, por escribir su primer libro titulado *Víctor Paredes Saura, presidente de la Casa del Pueblo de Pozo Estrecho, 1936-1939*. Hijo de Víctor Paredes Saura (el presidente).

Archivo Naval Álvaro de Bazán (Viso del Marqués, Ciudad Real).

Gloria (Viso del Marqués).

Archivo Naval de Cartagena Órgano de Historia y Cultura Naval de la Armada.

Pedro Vázquez, por su aportación fotográfica de su álbum familiar de la época.

Rafael Ruiz Manteca, párroco de la Parroquia del barrio de Sta. Lucía, Santiago Apóstol Cartagena, por sus relatos (da para otros más).

Cementerio de Pozo Estrecho.

Archivo Municipal de Cartagena.

Archivo Municipal de Torre Pacheco.

Archivo Juzgado de Paz de Torre Pacheco.

Archivo Provincial de Murcia.

Archivo Histórico de Murcia.

Archivo Ministerio del Interior (prisiones).
Archivo General Militar de Guadalajara.
Archivo Militar de Melilla.
Archivo Militar de Ceuta.
Archivo Militar General de Ávila.
Archivo Militar de Salamanca.
Archivo Documental de la Memoria Histórica de Salamanca.

Índice